집에 가자

집에 가자

초판 1쇄 발행 | 2015년 7월 15일
2판 1쇄 발행 | 2023년 6월 12일

지은이 | 김해자
펴낸이 | 황규관

펴낸곳 | (주)삶창
출판등록 | 2010년 11월 30일 제2010-000168호
주소 | 04149 서울시 마포구 대흥로 84-6, 302호
전화 | 02-848-3097
팩스 | 02-848-3094

집에 가자

김
해
자

시
집

삶창

바쁘고 시끄럽기만 한 모든 것으로부터 떠나고 싶었다. 내 머릿속에선 자주 지진이 나고 화산이 폭발했으므로. 살기 위해 내 시대의 한복판으로부터, 익숙한 동지와 친구들에게서조차 멀어졌다. 서울 떠난 지 7년, 낮엔 농사 배우고 식물 탐구하며 밤엔 공부하고 바느질했다. 부르는 곳마다 강의도 다녔다. 기초수급자와 노숙자, 대안학교 학생들과 요양병동 어르신들과 농부와 어부들…. 강의료는 별로 안 줬지만 친구가 되어주었다. 그 시 안 쓰는 시인들이 스승이 되어주었다. 언어와 예술과 희망이란 걸 점차 믿지 못하게 된 내게, 잠자리와 몸뻬와 된장국 한 사발에도 정치와 시가 녹아 있음을 상기시켜주었다.

은둔한 줄만 알았는데 어느새 저잣거리에 서 있다. 할 수 있는 게 별로 없어 시가 내게 왔는지 모른다. 사랑하는 것들은 늘 멀리 있어서, 다가가는 만큼 멀어지기만 해서, 취해서 우는 대신 노래하게 되었는지 모른다. 시는 내게 현재형의 동사이자, 걸어 다니는 물건. 종이거울 속에 비친 누군가가 부르는 소리를 받아썼

삶창시선

―――――

차례

다. 잘못 알아들은 것도 적잖아 부끄럽지만, 성치 않은 머리로 이만큼 받아쓸 수 있는 것만으로도 고마웠다. 나 죽으면 관 속에 무엇을 담고 갈까, 생각하다 별로 가져갈 게 없다는 결론을 낸 적이 있다. 하지만 하나 반드시 선택해야 한다면 싸고 가벼운 시집을 덮고 가고 싶다. 쓸쓸하고 낮고 따스한 영혼들에게 이 못난 시집을 바친다.

2015년 여름, 천안 광덕에서

김해자

니가 좋으면

가끔 찾아와 물들이는 말이 있다
두레박 만난 우물처럼 빙그레 퍼져나가는 말
전생만큼이나 아득한 옛날 푸른 이파리 위에
붉은 돌 찧어 뿌리고 토끼풀꽃 몇 송이 얹어
머스마가 공손히 차려준 손바닥만 한 돌 밥상 앞에서
이뻐, 맛있어, 좋아,
안 먹고도 냠냠 먹던 소꿉장난처럼
덜 자란 풀꽃 붉게 물들이던 말
덩달아 사금파리도 반짝 빛나게 하던
니가 좋으면 나도 좋아,
말한 게 다인 말
세상에서 가장 깨끗한 말
나만 얻어먹고 되돌려주지 못한
니가 좋으면 나도 좋아,
붉은 돌에 오소록 새겨진

지그시

소나기 몇 줄금 지나간 어스름 옥수수 몇 개 땄지요
흘러내리는 자주와 갈빛 섞인 수염, 아무렇게나 겹겹
두른 거친 옷들 한 겹 두 겹 벗기다 그만 그의 연한 병
아리 빛 속 털 보고 만 것인데 무게조차도 없이 그저
지그시, 알알 감싸고 있는 한없이 보드라운 속내 만지
고 만 것인데요, 진안 동향면 지나다 왜가리숲 아주 오
랫동안 바라본 적 있어요 소나무 가지에 앉아 있는 왜
가리들, 꼼짝 않고 있는 새들은 모두 알을 품고 있었죠
폭우가 쏟아져도 한 자리에서 지그시, 입과 날개 거두
고 지그시, 소중한 것 깊이 품어본 자들은 알죠 왜 한
없이 엎드릴 수밖에 없는지, 왜 한사코 여리고 보드라
워질 수밖에 없는지, 왜 하염없이 그를 감싸줄 수밖에
없는지, 사랑은 그런 것이다, 지그시 덮어주는 일에 골
몰할 수밖에 없는 것, 그게 사랑이다, 혼자 중얼거리며
온갖 생각도 지우고 지그시, 중얼거림도 멈추고 그냥
지그시

남자보다 무거운 잠

꿈이랑가 생시랑가 머시 묵직한 거시 자꼬 눌러쌓어 눈 떠본께 글씨, 나, 배, 우에, 머시, 올라타 있드랑께 워어메 이거시 먼 일이여, 화들짝 놀라 이눔 시끼를 발로 차버릴라고 했는디 이눔의 나무토막 같은 다리가 말을 안 듣는 겨 칭일 서갖고 콩콩 프레스를 밟아댄께 참말로 이 다리가 내 다리여 넘의 다리여 이 급살 맞을 놈, 콱 죽여뿐다 이 신발 밑창 같은 시끼, 겨우 몇 마디 하고 글씨 다시 스르르 눈이 감겨버렸나벼

포옥 자고 포도시 눈이 떠졌는디 아즉도 꿈이랑가, 워메, 그 인사가 아즉도 엎어져 있는 겨 와따 여즉도 안 갔소, 머시 좋은 거이 있다고 고렇코롬 자빠져 있소, 눈 붙이고 난께 존 말로 타일러집디다 낼 일할라믄 질게 자야 쓴께 지발이나 빨리 가랑께요, 근디 이 본드 발른 밑창 같은 작자가 흔들어도 붙어 있는 겨 이 썩어자빠질 넘아, 다리를 획 들어서 확 차분께 그제사 떨어져 나가붑디다

14

일하고 깜깜해서 돌아와 더듬더듬 방문을 여는디
머시 겁나게 큰 것이 굴러가는 겨 오살할 넘, 넘의 문
깨부셔불고 들어올 땐 언제고 먼 지랄한다고 자물통
이여, 육실헐 넘 같으니라고 누가 처먹는다고 수박도
수박도 오살나게 무겁드랑께요

지상에 의자 하나

한 집 건너 고시원 한 건물 걸러 고시학원인 노량진, 포구보다 생물 냄새 펄떡거리는 저마다의 침묵 속에 종이컵에 든 동그란 호떡들이 우적우적 지나가고, 간힌 골목길 추리닝 바람이 모퉁이를 돌아 휘적휘적 지나가고, 네모난 수첩들이 문제들 씹어 먹으며 군대처럼 지나가는데, 하필 그때 나도 몰래 흘러나온 말이 꼭 시험을 봐야겠니,였는지 난 정상적으로 살고 싶어, 즉시 튀어나온 딸아이의 정상적이라는 말이 정상으로 들려, 나는 눈앞 정상인 63빌딩을 한참 올려다봤다 순간 속이 다 비쳐 보이는 유리창마다 의자들이 빙글빙글 돌아가고 있었다

저 의자에 앉기 위해 너는 밤새 잠도 자지 않았나보다 길 잃은 한 마리 양만 찾으면 되었던 예수는 행복한 사나이였다 100마리 중에 1마리를 구한다는 시험이 정상일까, 99가 정상일까 하나가 정상이기나 할까, 정상적인 정상이 있기나 할까, 오 주여 저를 어려운 시험에 들게 하지 마소서, 연달은 아리송한 문제에 양 한 마

리가 고개 끄덕이며 반듯하게 지나가고, 제 문제밖에
는 고개 돌릴 틈 없는 아흔아홉 양들이 갸웃거리며 행
렬을 지어 지나가고도 답을 못 찾겠는 나는 자꾸 허당
을 짚는다

　모든 정상은 수직의 높이, 제 발밑을 파먹은 만큼 올
라가는 정상들 때문에 너희 디딜 땅이 없어질까봐 내
몸은 신열이 나고 으슬으슬 떨려오는데 비몽 속에서
빠져나오려 팔 휘저으며 헛소리 내지르며 헉헉 양, 양
들을 구하라…

이승

을지로 지하도에 집을 짓자 박스 위에 지붕을 세우
고 구멍 뚫어 창도 만들자 창문에 모기장도 붙이자 박
스 옆에 기역 자로 튀어나온 별채도 이어야지 비닐을
붙이면 빨래가 휘날리는 집 페트병에 더운 물 담아 애
인처럼 안고 자자

종말이 오지 않았어도 나는 날마다 휴거된다
등 시린 새벽마다 하늘에서 밧줄이 내려와
빛으로 빚은 가지에서 붉은 꽃들이 피어난다
물속처럼 거꾸로 매어달린 꽃,
어디선가 들려오는 맑은 웃음소리 속에서
돋아나는 푸른 잎새, 그 황홀한 춤사위

배 속에 알을 품고 사막 한가운데를 기어간다 콜타
르 씹으며 석유 들이키며 고시원 쫓겨나면 쪽방에 들
고 찜질방에서 쫓겨나면 만화방에 들자 무슨 걱정이
랴 24시간 드나들 편의점이 즐비하다 햄버거 하나 시
켜놓고 새벽 첫차가 올 때까지 졸자 알에서 날개가 돋

을 때까지 등뼈 오그라들어 네 발로 걸을지라도 오늘
디딘 발자국이 꽃이 되었구나 이번 생은 영문도 모른
채 갇힌 쇼윈도,

하여, 일지라도,
목숨은 지금 한 잎 따순 숨 토해내는 것
목숨줄 하나 타고 휘청이는 일,
삶이란 두루마리휴지처럼 천천히 펼쳐졌다
요요 줄 당겨지듯 단숨에 접혀져 돌아가는 것

빛줄기 하나 잡고 그네를 탄다
지금 잡은 시간의 밧줄 위에서

머잖아 새로운 종이 탄생할 것이다 만삭이 된
내 배 속에서 날개 달린 거북이와 꽃잎으로 장엄된
짐승이 자라고 있다

동파문자

　치매 병동에서 할머니들과 그림 놀이를 하는데 한 분이 사포종이에 노랗고 빨갛고 파란 크레파스로 알 수 없는 추상화를 그렸습니다 무어냐 살짝 여쭈었더니 나여 나 장옥금, 그러십니다 아하 할머니 이름이구나, 했더니 나는 아는데 글자는 몰러, 하며 자랑스럽게도 웃으십니다 별과 꽃과 해로 당신 이름 석 자 환하게 그려낸 상형문자를 보다 중국 운남성에서 본 나시족 동파문자가 떠올랐습니다

　현존하는 유일한 상형문자는 유치원 아이들이 그린 것 같기도 하고 뭔가 간절한 주술이 담긴 동굴벽화도 같고 어찌 보면 심심미묘한 법문 같기도 했지요 그런 시가 그리웠습니다 별 지고 달 업고 사람들이 둥그렇게 춤추는 그림글자 그리며 마음속에 별과 달과 사람을 새기고, 다리 흔들고 팔 높이 펼친 사람들 입에서 뽑아져 나오는 국수 몇 가닥 말 없는 돌덩이에 새겨 함께 먹고 노래하는 세상을 그리고, 남자와 여자, 해와 달, 하늘과 땅, 풀과 꽃, 그리고 엉덩이에 몽고반점, 세상

에 단 하나뿐인 푸른 점 하나 사무쳐, 그조차 잊을 만
치 천천히 수놓고 싶었습니다

오늘은 눈이 옵니다 천지간 끝없이 펄럭이는 하얀
두루마기 자락을 보다 동파문자를 써보기로 했습니다
하늘도 달도 산비둘기 꼬리도 둥근데, 우리 잘 지내보
자, 산비둘기 둥근 꼬리를 그리기 시작했습니다 꼬리
끝에 남자 여자가 서로 둥글게 손을 뻗치고 있는 그림
글자 쓰는 동안 나도 보름달처럼 둥글둥글해지고 당
신과 나 사이에도 어느새 환한 빛이 다가와 조용히 감
싸주는 저어기 저 머나먼 풍경이 꿈틀꿈틀 다가오고
있었습니다

가죽 가방

자궁을 들어냈다, 말하는
여자 웃음에서 만져지는 비릿한 핏덩어리
슬픔은 이렇듯 형이하학적이다

나이 먹을수록 여자 복부는 부풀어갔다
봉분처럼 동그랗게 솟아오른 허리 아래, 여자는
뭐든 쑤셔넣기에 안성맞춤인 가방을 숨기고 다녔다
먹다 남긴 음식도 욱여넣고 빨래 던져놓듯 아무렇
게나
내뱉은 욕설과 발길질 지고 싶지 않았던 짐조차
꾹꾹 눌러 담은 여자 가방은 속을 채우자
옆으로 뒤로 삐져나오기 시작했다

숨기 좋은 질 좋은 가방 속에서 종유석 같은
암덩이가 자랐다 칸칸이 달린 지퍼를 열기라도 하면
꽁꽁 담아둔 선사시대 비릿한 시간들까지 새어 나
오는
가죽 가방 속엔 태어나면서부터 환대받지 못한 탄

생의

　울음소리와 다리 벌리고 하늘을 향해 치켜든 채
　여자라는 동물만이 짓는 낙태라는 죄,
　속에서 집어삼킨 슬픔이 숨어서
　암각화를 완성해갔다

　한때 타오르던 아궁이였던 그곳은
　한때 차오르는 우물이었던 그곳은
　한때 고귀한 탯줄로 이어지던 그곳은

　이제 텅 빈 가방이 되었다

가이아노래방

남자 여기로 오시오
화장 먹을 바르고 한 쌍의 달걀로 채운 젖마개가 있
는 곳
양잿물로 소독한 눈처럼 정결한 음부가 있는 곳
솟아오른 봉분으로 귀 막고
계곡에서 흘러나온 독주로 입을 헹구시오

멀리서부터 허벅지 두드리며 남자 여기로 오시오
밤마다 저승으로 여행하는 당신 딸이 있는 곳
큰 하늘과 큰 땅 원하는 누이가 웅크리고 있는 곳
굴욕스런 낯을 무릎 꿇릴 저승 문은 일곱 겹
문 하나 통과할 때마다 한 겹씩 벗기우리니[*]

헐벗은 남자 여기로 오시오
빤스를 벗겨 왕관처럼 쓰고 기름 단지처럼
아무것도 걸치지 않은 얼굴 긁으며 노래하시오
맘껏 두드리시오 이 몸은 두들겨 맞은 고깃덩어리
살가죽으로 만든 북이오니

허리에 전대 찬 남자 여기로 뛰어오시오

　　마시면 오만 원 마시지 않으면 퇴장

　　색으로 지글지글 끓는 화면에 지폐를 붙이시오

　　치욕스런 하루 호주머니에 구겨 넣은 남자 여기로 오

시오

　　어디에도 따라 부을 데가 없었던 증오 다 마셔주리니

　　발밑에 무거운 추 매단 남자 술을 따르시오

　　어디라도 발길질 하고 싶은 적의로 젖은 신발에

　　오른 신발이 하는 일 모르고 있는 왼쪽 신발도

　　마저 채우시오 중력에 눌린 한 켤레 바다

　　다 비우고 해 뜨는 쪽을 향하여 걸어가시오

* 수메르 신화, 인안나의 지하 하강 여행에 나오는 일화.

텔레마케터와 독신자

   숨도 안 쉬고 속사포처럼 쏟아낸 내 말 끝에 아, 예, 그렇군요… 한참 만에 내뱉은 그 말이 얼마나 따듯하던지… 혼자되어 아이 데리고 벌어먹고 사는 일이 전화 줄이라서 줄에 대롱대롱 매달려 사는 내가, 귀찮음과 실망과 의심과 쌍욕이 양식인 내가, 헤드폰과 일용할 숫자와 네모난 칸막이에 갇혀 저마다 다른 별의 외계인에게 암호를 눌러대는 내가 밀이야… 언니 내 말 듣고 있어?

   후와후와 심호흡 몇 번 하고, 사랑합니다 고객님, 웃으며 말을 건네지, 당신 나 알아? 언제 보았다고 그딴 말을 해? 네, 고객님께 꼬옥 필요한 정보를 전해드리려구요, 언제쯤 딸각 끊어질까, 어떡하면 욕 안 듣고 대화를 계속할 수 있을까, 어떡하면 점잖게 거절당할까 후 와 후 와… 입 밖으로 나와버렸네 습관이 돼서, 내 심장을 꺼내면 하도 오그라들어 몇 그램 안 나갈 거야, 언니 듣고 있지?

참 별일도 다 있지, 거절과 거부를 먹고 사는 내가 말이야 닳고 닳아 전화기처럼 반질반질해진 내가 거기 넘어지다니, 네 슬픔을 다 안다는 듯 아, 예, 그렇군요… 나도 너처럼 아프다는 듯 내 어깨 위에 얹히던 거래할 아무것도 없다는 듯 득도 실도 없는 화답,

　이미 일용한 거부로 배가 터질 듯한 오후 세 시쯤, 문득 먹먹한 귓속에 길을 내던 아, 예, 그렇군요… 밥줄 너머의 소리, 칸막이를 지우고 두둥실 들어 올려주던, 이 세상 너머에서 들려온…

비대칭

뒤집혀진 의자
엎어진 캐비닛
막힌 출구
누워버린 벽
절벽이 된 바닥
쏟아지는 시푸른 물줄기
허공 두드리다 멈춘 손가락
입술 벌린 배낭 둥둥 떠다니는 단어장과 초코파이
달콤한 입속으로 들어가보지 못한 입술과 입술
물에 문신된 텅 빈 문장
하얀 지문이 찢어지고 바다가 솟구친다
약상자에서 바늘 빼어들고 심해를 찌른다
머리는 동쪽으로 다리는 서쪽으로 흘러 다니는 뼈,
네 흩어진 조각들 꿰매 미라를 만든다
한 눈은 웃고 한 눈은 피 흘리는
깨진 거울이여,
뉘우치지 마라 네 비대칭을

하부구조

스무 살 막달레나는 다리를 한껏 오그려 붙여

마치 두 마리 뱀이 엉킨 양 그렸지

스물여섯 막달레나는 아랫도리 까맣게 구멍을 내버

렸지

뻥 뚫렸으나 누구도 들어갈 수 없었지

뭔지도 모르고 열여섯부터 몸을 팔았다는

서른아홉 막달레나는 그렸다 지우고

칠했다 박박 긁어 짓물러진 화폭 위

끝내는 생략된 채 완성된 하반신

뚝뚝 흘러내리는 붉은 물감

상부구조만 둥둥 떠다니던

용산 산동네

늑대를 타고 부르던

아베 마리아

웅녀의 시간

동굴 속에서 나온 지 오래
저자거리를 어슬렁거리던 웅녀 몸엔
아직도 야생의 피가 뜨겁게 흐른다
절로 터져 나오는 소리는 옛 모음들
우우우 몸스런 울음일랑 뱃구레 어딘가에 감춰두고
은행과 상점 들락거리며 쇠꼬챙이에 찔린 웅녀는
식립보행으로 중얼거린다 돌아가야지,
이젠 돌아가고 말아야지,
치렁치렁 목걸이와 제복과 억지웃음 벗어던지고
날카로운 하이힐 대신 청동거울을!
계산기 대신 둥둥 북소리 같은 심장을!
문서 대신 비와 구름이 머무는 밭을!

거꾸로 시간을 돌리기 위해 누천년
진물 흐르는 상처에 마늘 찧어 바르고 쑥뜸을 뜨며
지금은 지하 깊숙이 구덩이를 파야 할 시간
군왕의 입이 삼켜버린 여자를 뱉어내어 느릿느릿
대지 밑으로 걸어가 네 발로 엎드려야 하는 때

동굴 밖에선 때로 홍성한 웃음소리,
수곰처럼 천연덕스럽던 옛 오라버니들
털 간질이며 잔등을 올라타는데
흔들리는 옛 그림자일 뿐,
털을 깎인 누이들이 알몸으로 쇠창살 넘나드는
붉은 일몰, 지금은
어둠 속에 더 머물러야 할 시간

종이거울

오랫동안 난 지나가면 지워버리는 유리거울의 신도,
변절했다 난 이제 오늘과 어제와 그제만이 아니라
전 생애가 비춰지는 영원의 거울을 원한다

글은 아무도 말을 가로채지 않는 대화 같아요, 식당
전전하던 그는 글로 말했다 글 쓰다보면 종이에 얼굴
이 훤히 비친다 했디 커피 병에 소주 담아 틈만 나면
피시방 달려가 구겨진 종이거울 펼치던 그는 거울에
비친 얼굴 팔지 못했다 팔지 못했으므로 돈도 이름도
벌진 못했지만 종이거울을 받았다는 것만으로도 축복
이라는, 그가 나보다 시인답다 생각하는 나는 지금 그
일까 나일까,

깊이를 잴 수 없는 종이거울의 뒤란에서 잠자고 있
던 이름들 하나씩 불려나올 때마다 난 다시 태어난다
난 나무이자 벌목꾼이자 사슴이자 사냥꾼, 산 사람이
자 죽어간 모든 사람, 맞아 죽은 자이자 때려눕힌 자,
독재자이자 매파이자 창녀이자 야만적인 인류사, 이

모든 이름들이 종이거울 속에서 날 부르고 있다

까맣게 비춰지는 종이거울
바라보고 또 바라보며 나를 벗긴다
내가 아닌 것이 떨어져 나가고
바로 너인 것이 내가 될 때까지

죽은 나무에 물 주기

정기검진 갈 때마다 복사꽃 뺨을 가진 내 주치의 컴
퓨터 안에는 나무 한 그루 서 있어요 뇌를 열기 전 찍
었을 MRI 속 난 분명 나무, 수없이 많은 실가지가 사
방으로 뻗어 하늘로 솟구쳐 오르는 듯한 가는 길들, 제
머리 속에 그리 많은 길 있었다니요 색이 생략된 혈관
의 길 따라가면 내 밖 어딘가로 한없이 커지는 생명의
나무, 그 가는 가지 하나 부러지고야 모든 길은 하나로
이어져 있음을 알았죠 그 하나 사라지면 이 세상 밖임
을, 숱한 길 중 하나 아주 작은 길 하나 끊어지고야

내 컴퓨터 앞엔 행운목이 보초 서고 있죠 저마다 푸
르고 빛나는 온전한 잎들, 한때 칼 맞고 쓰러져 바닥에
서 뒹굴던 놈이었어요 물 주다보면 간혹 말을 걸기도
해요 오른편이 맞춤하니 왼편으로 방향을 틀겠다고,
이제 좌우 균형 맞으니 가운데 힘을 쏟겠다고, 살살 살
피다보면 잎이 빠끔빠끔 입 열어 꽉 막혀 있던 시 한
줄 툭 내주기도 한다니깐요

내 취미는 촉촉하니 물 주기
구절초건 괭이눈이건 까마중이건 공평하게 적셔주기
산 나무든 죽은 나무든 느긋하게 기다려보기

　어느 날은 옆집 문밖에 몇 달째 쫓겨나 있던 깡마른
놈이 이사 왔어요 우윳빛 화분만 취하려다 발치에 쌓
인 수북한 잎과 눈 맞추고 말았죠 구겨진 단풍잎이 아
기 손처럼 보였어요 용쓰며 지난 시절에서 그를 떼어
냈죠 시멘트처럼 단단한 흙을 닮아 뿌리는 이미 돌이
되어가고 있더군요 어느 날 가지 끝마다 그렁그렁 붉
은 눈들이 보이는 듯했어요 저도 몰래 소리를 질러 딸
아일 불렀죠 잎 좀 봐, 이거 잎 맞지? 잎이 핀 것 같지?
얼버무리는 아이에게 잎이 아니어도 할 수 없지, 살아
있다 믿고 물을 주는 한 살아 있는 겨, 속으로 중얼거렸
어요

합일

거기, 밖이 무너지고

여기, 안으로 삼켜져

눈 감는 음절들

거기까지 너였다,

여기까지 나였다,

경계가 차츰 무뎌지고 무너지다

문득 모든 말들이 끊긴다

하지 못한 말,

이미 한 말,

들이키고서야 합쳐지는 입과 입

여기서부터 검은 숲,

침묵이 범람한다

말하면서 동시에 사랑할 수 없다

나조차 잊어버려야 나로 돌아갈 수 있다

너조차 잊어버려야 너에게 들어갈 수 있다

어진내에 두고 온 나

　지금도 청천동 콘크리트 건물 밖에는 플러그 뽑힌 채 장대비에 젖고 있는 도요타 미파 브라더 싱가 미싱들이 서 있죠 나오다 안 나오다 끝내 끊긴 황달 든 월급봉투들 무짠지와 미역냉국으로 빈 배 채우고 있어요 얼어붙은 시래기 걸려 있는 담 끼고 굽이도는 골목 끝, 아득하고 고운 옛날 어진내라 불리던 인천 갈산동 그 쪽방에는 연탄보다 번개탄을 더 많이 사는 소녀가 살고 있네요 야근 마치고 돌아오면 늘 먼저 잠들어 있는 연탄불 활활 타오르기 전 곯아떨어지는 등 굽은 한 뎃잠

　배추밭에 배추나비 한가로이 노닐던 가정동 슬라브 집 문간방에는 사흘 걸러 쥐어터지던 붉은 해당화가 울고 있어요 지금도 들리는 아이 울음소리 듣지 않으려 귀 막고 이불 속에 숨어 있다 저도 몰래 뛰쳐나가 패대기쳐진 여인과 아이와 한 덩어리 된 어린 여자 눈물방울이 아직도 흙바닥에 뒹굴고 있을까

교도소가 마주 보이던 학익동 모퉁이 키 낮은 집 흙
벽 아궁이가 있던 옛 부엌엔 전단지 속 휘갈긴 어린 해
고자 메모 '배가 고파요 이렇게 살고 싶지 않았어요' 애
호박 몇 조각 둥둥 떠다니는 밀가루 죽이 아직도 부글
부글 끓고 있는 효성동 송현동 송림동 바람 몰아치던
주안 언덕배기 그 작고 낮은 닭장집 창문마다 한밤중
이면 하나둘 새어 나오는 쓸쓸하고 낮고 따스한 불빛

이상하기도 하죠 스무 해 전에 도망쳐 왔는데
아직도 내가 거기에 있다니
내가 떠나온 그곳에 다른 내가 살고 있다니요
푸른 작업복에 떨어지는 핏방울
아직도 머리채 잡혀 끌려가고 있다니
앞으로 달려온 줄만 알았는데
제자리에 선 뜀박질이었다니요

왼손

오른손으로 김치찌개를 푸다 왼손에 엎질렀다
오른손 하는 일 왼손이 모르게 하라 했는데
글렀다, 오른손이 한 짓 왼손도 알아버렸을 게다
벌겋게 부어오른 자리가 쉬지 않고 욱신거리므로
생각해보니 다친 손은 대부분 왼쪽,
사과 깎다 칼에 찔린 것도 왼손 엄지고
못질하다 망치에 두드려 맞은 것도 왼손 검지
오른발이 미끄러졌는데도 부러진 건 왼쪽 손목 아니
었나
내 짓 생각해보더라도 제 손으로 제 손 찍는 일
이 행성에선 드물지 않다 내가 잠시 살아본 오른손
잡이
세상에선 칼 쥔 오른손에 왼손이 자주 베이고 피 흘
렸다
상한 왼손에 성한 오른손이 약 바르고 붕대 감아준다
할 일 대충 마친 오른손이 볼펜 잡고 글도 못 쓰는
왼손을 잠시 바라본다 친친 감겨 입까지 틀어막힌
왼손이 불뚝거리고 있다

서서학동
―새를 듣는 몇 가지 시선 2

내가 사는 서서학동 솔숲엔 학들이 매달려 있다
핏빛 저녁놀 머금은 흰 옷, 흰 울음,
횃불 아래 육시 당한 새들이여

달님, 달님 절 받으시오
보름달 같은 처녀들이 기린봉 향해 절하며
흰 달을 들이마신다

눈 덮인 완산칠봉
무덤도 없는 동학농민군전주입성비(東學農民軍全州入
城碑)
핏물 진 제폭구민(除暴救民)
갑오년 뜯긴 살 몇 점
돌 밑에 깔려서 돌 속에 갇혀서

돌의 입에 귀 대고 듣는다
눈밭에 피를 문 새
점점이 들려온다

경계선 장애

순전히 통증 때문에 시작되었을 게다 경계를 건너
뛰어버리는 내 몽상은, 열한 살 무렵 배가 아파 조퇴하
고 집에 가는 길, 길 속에 길을 말아놓은 듯 걸어도 걸
어도 땡볕은 걸어온 만큼 앞으로 밀려나왔다 집들이
미웠다 들어갈 수 없으므로 눈앞에 보이는 쌍둥이 같
은 일본식 목조건물들 하나하나 지나가며 우리 집도
미웠다 너무나 멀리 있으므로

오 리 남짓한 그 길은 영영 도달하지 못할 것 같았다
창자를 뒤트는 배 속에서 꿈꾸듯 생각들이 미어져 나
왔다 저 집 문을 열고 들어가면 엄마가 있다면, 아무 집
이나 들어가면 내 새끼 소리가 뛰어나온다면, 진땀 흘
리며 길에 주저앉으며 왜 똑같은 집인데 들어가면 안
되나, 왜 우리 집만 집인가, 왜 우리 엄마만 엄마인가,

그로부터 40년 더 살았어도 지상의 법에 좀체 익숙
해지지 못한 나는 열한 살, 그림과 숫자 몇 그려진 돈
으로 모든 걸 사고파는 이 세계가 날마다 낯설다 저 혼

자 우뚝 서 있기만 잘하는 산에 왜 임자가 따로 있나, 저렇게 많은 집들이 있는데 왜 누군가는 들어갈 곳이 없나, 넌 배고파 허덕이는데 왜 난 배불러 헉헉대나,

문턱을 넘고 싶은 게 병이라면 아직도 아픈 탓, 이것이 혹 근절해야 할 불순한 사상이라면 아픈 배와 머리와 부러진 팔다리에게 책임을 물어야 하리라, 경계도 금도 없는 갯벌이여, 물과 뭍 사이 철퍼덕 누운 넌 어디까지가 너인가 도대체 어디까지가 네 것인가

어머니의 교육법

엄니, 글씨 고것이 몰래몰래 술을 마신당께요 아 막
둥이 고것이 지 방 책상 밑에다가 병째 숨겨놓고 밤에
홀짝홀짝 마신단 말이요 애저녁에 버릇을 잡아야제 엄
니가 따끔하게 혼 한번 내랑께요

생각 안 나냐 니 중핵교 댕길 때 하도 붕어빵 노래를
불러쌓어 외상 달고 묵어라 했더니 느그 동무들과 날
이면 날마다 얼마나 처먹었던지 가슬에 나락 반 가마
니 안 갖다 바쳤냐 나 원 참 기가 딱 맥혀서, 그래갖고
붕어빵 틀 안 사부렀냐 쬐금 기다려보그라 물리게 묵
어버려야 다시 안 찾을 텡께

거시기 진짜 큰 문제는요 고것이 담배도 솔솔 피는
갑습디다 아따 시방 내가 한두 대 갖고 그러겄소 오밤
중에 밖에 쪼글시고 앉아 연기 피우는 걸 내가 몇 번이
나 봤당께요

요새 젊은것들이 핀당께 지도 폼으로 좀 해봤겄지
허이이… 주둥이로 불 킨께 픽이나 재미졌는갑다

아이고 엄니 시방 농담할 때가 아니랑께 그라요. 시
방 포도시 스무 살 넘은 가시내가 데모까지 하고 다님
서…

아따 시끄럽다 자꼬들 그래싼께 숨어서 하제. 걍 백
주대낮에 병나발 붐서 펴뿌라고 해라

시 안 쓰는 시인들

무의도 섬마을에서 문학교실을 하는데, 갯벌에서 박
하지 잡다 오고 산밭에서 도라지 캐다 오고 당산에서
벌초하다 오고 연필 대신 약통 메고 긴 지팡이 짚고 왔
습니다

저 고개 너머, 자월도 살던 대님이라고 있어
키가 작달막하고 얼굴 모냥 갸름한 게 여자는 여자여
내가 죽으면 어느 누가 우나
산신령 까마구 드시게 울지요
일본 말루다 그렇게 슬픈 노랠 했어
첩으로 살다 아이 하나 낳구는
덕적도로 시집가 죽었어

공중에 펼쳐진 넓디넓은 종이에 한 자 한 자 새겨지
는 까막눈이 시 속으로 대님이가 까악까악 날아왔습니
다 이 땅에 시 안 쓰는 시인 참 많습니다 명녀 아지 은
심이 숙회 승분이 경애 춘자 상월이 이쁜이, 시보다 더
시 같은 생애 지천입니다

문고리

문고리를 잡아당겨라
처음부터 세게
좀 더 진득하게
지금 저 안에서
언니가 목숨 질끈 묶어 벽을 오르고 있다
대롱대롱 매달려
언니가 혼자 낳은 수백 아이들이 시소를 타고 있다
울지 마라 포기하지 마라
안 열리면 문을 부숴라
시소가 기울고 있다
지금 들어가면 함께 강강술래를 돌 수 있다

방도 문도 없는
텅 빈 허공
혼자서 문고리를 잡아당기고 있다

공밥

할아버지가 느릿느릿 밀개차 끌고 가다 오르막길에
서 얼기설기 종이 뭉치와 박스들이 땅에 떨어뜨렸습
니다 구부려 앉아 박스를 줍고 종이를 다시 묶습니다
앞서가던 할머니가 할아버지 밀개차도 같이 끌고 갑
니다 할머닌 무거운 프라이팬 주워 2천 원 받았다고
흐뭇해하십니다

자전거와 도서관과 시가 공생의 도구란 말 믿고 도
서관에 가 반나절 꼼짝 않고 공생의 시 궁글렸습니다
컨베이어벨트 앞에 앉은 조립공처럼 시의 밥 지었지
요 좀체 익지 않는 시 뜸 들이는 동안 잘 익은 시 한 알
한 알 베껴 먹기도 했어요 퇴근하면 문 닫아버리는 도
서관에 가보고 싶었던 여공 시절 떠올리며 열심히 공
부했지요 냉이도 퍼렇게 언 손 뻗치고 쑥도 가물어터
진 흙 비집고 올라오는데 저 어린 것들도 공들여 푸른
밥상 차려내는데 공밥 먹는 시시한 시인 안 되려고 기
쓰고 시를 썼습니다

맛있게 드세요 반나절 퍼 올린 오늘 시값은 공짜랍
니다

진분홍색

　그날 아침 사랑방이 열리지 않았어 전날 밤 언니는 꽃 피는 수를 가지고 놀았지 꽃잎은 하염없이 바람에 지는 노래도 가르쳐줬어 어떻게 문이 열렸을까 아이는 언니가 시렁 위에서 그네를 타는 걸 보았지 으히히 장난치는 줄 알았잖아 목에서 빨간 보자기를 풀었을 때 언닌 따듯했어 아인 볼을 만지고 코를 누르고 입술도 살짝 잡아당겼지 언니 입에서 강강술래 소리가 새 나왔던 것 같아 소리 매기며 강강술래 춤을 가르치던 언니야, 강강술래 해봐, 빨리 고학년 돼서 강강술래 하고 싶어 둥둥둥둥 언니 소리 따라 강강술래 강강술래 강강술래…

　스물세 살 언닌 곱게 화장하고 투피스 입고 누워 있었지 노라노양장점에서 맞췄다는 티 한 점 없는 진분홍색이 모두 관 속에 갇히도록 아인 마당가에서 채송화 모가질 비틀었어 연분홍 노랑 빨강 아무리 봐도 언니 같은 색이 없잖아 언닌 그날 오후 산 너머로 이사 갔어 어른들 따라 뾰족구두 신고 걸어가는 언니 뒤를

종종 따라갔지 오른팔 왼팔 앞으로 뒤로 하나씩만 보여주는 팔꿈치가 빛났어

　숨바꼭질 했던 거야 아주 오랫동안 아인 술래 아무도 찾을 수 없었어 무화과나무 그늘에 앉아 다시 채송화 모가지를 비트는데 길쭉한 그림자가 들어섰지 벙어리였나봐 손짓을 막 했어 시든 채송화 한 줌 들고 아인 남잘 데리고 언니 새집을 찾아갔어 짐승이었나봐 목에서 으흐흐 짐승 소리가 났어 귀신이었는지도 몰라 뗏장풀 뜯으며 으시시 귀신같이 울더라니까 남자 손톱에 핏빛 노을이 스며들었지 아, 바로 저 색이야, 마침 그때 새 한 마리 휘리리이, 허공 내젓는 진분홍 손톱 위로 휘리리 돌다 사라져 가더라구

날선 울음
─새를 듣는 몇 가지 시선 5

딱새 한 마리 마당 빨랫줄에 앉아 있다
내가 지나가려 하자 부리를 세우고 날개 퍼득였다
완강한 눈빛이 빨랫줄을 뒤흔들었다
잎이 손바닥만 해졌을 때 보일러 연통 속에서
아기 새들이 나왔다
날선 울음은 미래를 담고 있었구나

미래에서 돌아왔다
낮에 배운 걸 밤에 복습하듯
다음 날 배울 것 미리 예습하듯 이미 간 길
한 번만, 딱 한 번만 더
원이 되어 돌아온 거라면
난 이곳에 몇 번의 생애나 다녀갔던 걸까

은빛 연통을 잡아당기면 과거의 알들
먼지 뒤집어쓴 흘러간 소리들
여러 겹의 소리들이 여기 함께 있다
거듭한 것은 회전문일 뿐,

나는 같은 자리에 있는 게 아닐까 전생(全生)을 통해
지금 여기서, 전생(前生)을 다시 산다면

내가 가진 것만 잃어버릴 수 있다
나인 것은 도저히 잃어버릴 수가 없다

버버리 곡꾼

봄여름가을 집도 없이 짚으로 이엉 엮은

초분 옆에 살던 버버리, 말이라곤 어버버버버밖에

모르던 그 여자는

동네 초상이 나면 귀신같이 알고 와서 곡했네

옷 한 벌 얻어 입고 때 되면 밥 얻어먹고 내내 울었네

덕지덕지 껴입은 품에서 서리서리 풀려나오는 구음

이 조등을 저셨네

뜻은 알 길 없었지만 으어어 어으으 노래하는 동

안은

떼 지어 뒤쫓아 다니던 아이들 돌팔매도 멈췄네

어딜 보는지 종잡을 수 없는 사팔뜨기 같은 눈에서

눈물 떨어지는 동안은 짚으로 둘둘 만 어린아이

풀무덤이 생기면 관도 없는 주검 곁 아주 살았네

으어어 버버버 토닥토닥 아기 재우는 듯 무덤가에 핀

고사리 삐비꽃 억새 철 따라 꽃무덤 장식했네

살아서 죽음과 포개진 그 여잔 꽃 바치러 왔네 세

상에

노래하러 왔네 맞으러 왔네 대신 울어주러 왔네

아는 것이 곧 능히 행함이 되는 철학

훈김

　아기 돼지들이 젖을 물었죠 벌러덩 자빠진 어미 품 파고들어 콧김 입김 내뿜으며 힘차게도 빨아댑니다 어미 젖꼭지에서 다디단 훈김이 납니다 어릴 적 돼지가 새끼 낳던 밤 남포등 둥그런 불빛은 무던히도 수런거려댔죠 새끼 하나 나올 적마다 외양간 소는 대신 힘써가며 울었고 어미 눈에 붉은 눈물 고일 때마다 뒤뜰 보리수가 우지끈 고개 틀어 잎으로 눈물 말려주었어요 몽글몽글 훈김 배어나오는 보자기 뒤집어쓴 목숨 하나, 꿈틀 세상으로 떨어질 때마다 횃대 높이 올라간 수탉이 탄생을 고하던 그 밤 달도 별도 우렁찼는데요 어미 배 밑에 오글오글 모여 젖꼭지 물고 놓지 않는 새끼들 가리키며 저건 내 새끼, 요건 내 새끼, 오빠 입에서도 내 코에서도 모르긴 해도 더운 김 폴폴 났을 거예요

　굴삭기에 들려져 구덩이에 떨어진 아기 돼지,
　가로막힌 사방 둘레둘레 둘러본다 기어올라가다
　미끄러지고 올라가다 떨어지는
　하 많은 목숨 위로 흙덩이 쏟아진다

부르르 흙 털며 꿈틀대는
살덩이 밟고 살덩이가 올라선다
분홍빛 코와 주둥이
여린 발톱
필사적으로 비닐을 뚫는 헛된 노동,
차가운 비닐 속에 하얀 비명이 새겨지고 있다
산목숨이 내지르는 마지막 울음소리
훈김 버무려진 필생필사의 상형문자

밀양아리랑

억수로 높대이 저마 지 혼자 툭 불거져서 머 우짤 끼라고 흙 다 뭉개고 산목심 다 주째삐고 조래 뻿뻿이 고개 쳐들고 나라님 같은 고압 자세로 와 자꼬 올라가쌓노 내가 나라한티 밥을 주라 카나 돈을 주라 카나 이래 농사짓고 살겠다는데 언제까지 없는 넘들만 개 잡드끼 잡들라 카노

아끼 쓰고 쪼매만 고쳐 쓰면 안 되겠나 핵발선소고 나발이고 고마 살던 대로 살모 안 되겠나 벌도 꽃 몬 찾고 소돼지도 새끼 몬 낳는다 카이 전기톱이 반치나 기들어온 나무를 꺅 보듬고 있응께 밑둥은 자르도 못했다 아이가 나보다 더 오래 산 목심인데 저것들 싹둑 다 베버리고 나믄 느그는 어데 기대 살 끼고

보소 평생 흙에 엎데가 지문도 없는 호박데기 같은 손 좀 보소 내는 마 내 목심 팍 집어넣을 구디 팠다 아이가 마 호박 꼭지가 확 돌아삐긴기라 쇠줄 칭칭 감고 밧줄 꽁꽁 짜매고 마 깜깜한 흙구디 호박씨가 돼삐리기로 작정한 기라 새끼 매단 탯줄 같은 호박 꼭지 다 비틀어버리고 나믄 느그는 누구 젖 빨고 살 끼고

아마추어

20년 가까이 시를 쓰고도
누가 시인이라 소개하면 얼굴이 붉어진다
숨어 있는 시의 가느다란 팔목이라도
잡아보려 내뻗는 실핏줄 돋은 손들
앞에서 고개가 숙여진다 부끄러운 듯
쓰다듬는 아마추어의 눈빛이 난 좋다
처음 살아보는 이 생 앞에
우린 모두 아마추어다
삶이 연습은 아니지만 사는 동안
마주치는 것들 동사로 싣고 가는 자는
이미 아마추어가 아니다
맞춰보다 맞추다 처음인 듯
입 맞추는 황금 문장
서툰 대로 온전하다
죽음조차 난생처음인 우린 모두 아마추어다
사라지고 나서야 마침표가 찍힌다

취한 새
—새를 듣는 몇 가지 시선 4

거꾸로 꽂은 칼처럼
처마 밑에 날선 고드름
착지 못한 새들이 하늘에 원을 그렸다
새들이 사라졌을 때 공중에서 노랫소리가 들렸다

포도가 익을 때 찾아오리라
석류 열매를 따 붉은 씨를 비우고
잘 익은 포도 열매 석류 속에 채워 넣으리
석류 속이 포도로 가득 차면 진흙으로 구멍을 덮고
술이 익을 때까지 기다리리
때가 되면 석류를 열고 신성한 술에 부리를 담그고
내가 올라갈 수 있는 가장 높은 곳까지 올라가리라
나는 취해 노래 부르고 하늘과 땅은 붉은 노래를 듣
게 되리라*
농부여, 딱 취할 만큼만 내게 포도송이를 도둑질하
게 하라

나는 석류 알처럼 둥근 묘지,

내 안의 새가 미래의 새를 열망한다

미친 세월이여, 마주앉아 술을 마시자,

저기 취한 새가 마지막 울음 물고 노을 붉게 울리고
있다

날개에 먹줄 감아 소리를 긋는 자여,

뼈와 살이 악기가 되어 울릴 때

난 그대 노래를 만지리라

제풀에 지친 울음 노랫가락으로 풀려나올 때

난 진정 처음으로 여기 도착하리

아직 오지 않은 자여, 내 이름을 지운다

* 『팔레스타인의 눈물』, 「취한 새」에 나오는 이야기. 스무 살 즈음 고국을 떠나
  20년 만에 귀환한 팔레스타인 시인 자카리아 무함마드는 포도주를 빚는 새
  이야기를 고향 농부에게 들었다고 한다. 그는 하늘 어딘가에 있는 샘에서 시
  를 물어다 주는 악마 새가 있다고 말해준 적이 있는데, 아마도 그 새가 취한
  새가 아니었을까 싶다.

호미

아버진 늘 흥얼거렸죠 다방서 놀다 오거나 염전 돌
적이나 가사 없는 노랠 입에 달고 다녔죠 기나긴 서해
길, 소금 가득 싣고 떠난 배가 바람만 싣고 돌아왔어요
아버지 와이셔츠엔 몇 날 며칠 화투판에서 묻어왔음
직한 누런 담뱃진이 배어 있었죠 납작 업고 뱅뱅 도는
아버지 등에서 곡조가 퍼지면 아이 배 속이 화답했죠
등짝과 배가 만난 마두금의 멋진 음조, 몇 알갱이 소금
같은 것이 짠하게 녹아내리는 등짝에서 아인 흰 소리
를 허공중으로 늘어뜨리는 누에의 더운 입김을 보았
을 거예요

오라버니 같고 애인만 같은 젊을 적 아버지가 부쩍
자주 찾아와요 그럴 때면 잊혀진 호미 소리가 들리죠
하나의 노래에 두 가지 음정이 섞여 나오는 호미, 세
상 구멍이란 구멍 다 열어젖혀 온갖 소리를 빚죠 서걱
이는 대지의 어두운 구멍들에선 몇 점 핏물이 배인 흰
깃발에 싸인 뜨거운 목숨들 아버지 손 꼭 잡고 아장아
장 들어가면 죽은 뼈가 산 살 어루만지는 소리, 하늘과

땅이 내통하는 소리, 서로 다른 방향에서 와서 하나가
되죠

　군홧발 소리 몽둥이 내리치는 소리 괜찮다 괜찮다
일으켜 세우는 소리 이 구멍 저 구멍서 튀어나와요 얼
마나 집어삼킨 걸까요 내 안에 내가 너무 많아요, 입에
서 밀려 나오는 두 줄의 실타래, 패배는 질긴 유전, 질
줄 알면서 덤비고 끝내 죽는 줄 알고도 산다 바깥들 데
불고 땅을 불러라 네 안엣것들 모시고 하늘을 불러라,

　이제 아버지 없이도 두 개의 곡조를 부를 줄 알죠
　부재가 노래를 완성했어요 사랑 없이도
　사랑과 놀아요

합장

여자 중심에 무릎 꿇은 남자가
머리를 뒤로 젖힌 여자 등 껴안고
여자 가슴에 얼굴을 묻고 있다
필사적으로 구멍을 찾은 듯 여자 머리는
돌과 돌 사이 어둔 틈으로 들어가 있다
남자의 감은 눈엔 흐르다 마른 피눈물 한 줄뿐*
텅 빈 고요
욕망도 공포도 슬픈 기미조차 없다
쉬고 있다
전쟁터에서 갓 돌아온 병사처럼
주검을 담은 건 콘크리트와 철골 더미
주검을 덮는 건 흙먼지와 돌가루
함께 묻힌 깁다 만 성조기 패치
산 자의 머리에 얹혀 있던 색색 천들
말없이 돌에 눌려 있다
참혹한 죽음은 이렇듯 살아선 좀체 닿기 어려운
사랑을 완성하기도 한다
삶이 거짓말처럼 비현실적일 때

때로 죽음이 더 삶답다

* 타슬리마 아크호테르의 사진. 2013년 4월 24일 아침 8시 45분, 방글라데시의 의류 공장 라나플라자 8층짜리 건물이 폭삭 주저앉아 1134명이 죽었다. 전날부터 벽에 물이 새고 금이 가 공장 안에 들어가기를 거부하던 노동자들은 두들겨 맞으며 강제로 작업대에 앉혀졌다. 납기일에 맞추기 위해 수백 대 미싱이 한꺼번에 돌아가자 지붕과 기둥이 거짓말처럼 내려앉았다. 쇠창살로 막힌 창문과 이중 철제문, 좁은 계단과 원단으로 막힌 출구…. 그들은 무너지는 바벨탑 안에서 도망 나올 수 없었다.

집에 가자
—피에타

인천항에서 낯선 이 포구까지
오는 데 수십 일이 걸린 데다
그 사이 몸은 다 식고
손톱도 다 닳아졌으니
삼도천이나 건넜을까 몰라
구조된 것은 이름, 이름들뿐
네 누운 이곳에
네 목소리는 없구나
집에 가자 이제
집에 가자

가난한 사람들

두부 앞에 두부 철창 뒤에 철창
닭장집 옆에 닭장집 무덤 아래 무덤
모눈 위에 모눈 사방연속무늬 모눈종이 안에 갇혀
아무리 움직여도 벗어날 수 없었네 평면 이동으로는
솟구쳐라 스스로를 늘려 절벽을 치는 파도처럼
나를 추락하게 하라 산산이 부서진다 해도
네모 밖으로 나가는 길은 그 길밖에
견고한 칸막이 완강히 금 그어진
네모가 지워지지 않고는
물방울 아래 물방울 옛 눈물로
얼룩진 꼭 그 자리에 새 눈물이 떨어졌네
처마 끝 낙숫물이 꼭 그 자리에 떨어지듯
액자 속에 갇힌 사진이여, 어디로 나갈 것인가
선과 선 사이 빈 틈,
점선조차 없는 모눈종이 위의 생

사랑시는 못 쓰고

　사랑시 한번 써보고 싶다 어둠 속에서 사이좋은 땅콩 두 알처럼 하나였을 때 꿈꾸며 서성이던 햇살 고운 아침, 전화가 왔다 내일까지 재직증명서를 제출하지 않으면 대출 연장이 취소됩니다, 대뜸 협박조의 말이 들려왔다. 엊그제 다 제출했는데 하루 놔두고 다른 서류를 요구하느냐, 했더니 당연히 이미 말씀드렸다는 그의 은근히 고압적인 내답에 전화국에 요구해 이전 통화를 확인이라도 해주고 싶어졌다 (몇십 년밖에 안 살고도 난 어찌 이따위 세상에 익숙해졌는가) 나 실업자다, 했더니 대놓고 죄인 취급하는 그에게 무슨 놈의 영세민 전세대출이 그 모양이냐, 모가지 잘리면 전셋집 내놔야 하느냐, 부들부들 항의하다 울먹임이 새 나오고 말았다. 그는 웃으며 시종 예의 바르게 또박또박 명령어로 설명했다 (겨우 몇십 년 살았는데 당신은 어찌 이따위로 말하는가)

　마음 좀 가라앉히고 겨우 한마디 했다. 미안합니다, 전 지금 당신께 화를 내는 게 아니라 당신네들 시스템에 항의를 하는 겁니다, 무슨 그 정도 일을 가지고 우세요? 냉정하고 차분하고 교양 있는 비아냥에 당장 갚겠다, 언제까지 갚으면 되느냐, 눈앞에 있으면 당장 싸대기라도 붙일 생각과 말로 길길이 날뛰다 전화를 끊은 나는, 나도 나를 어쩔 수 없어 내게 기도문을 외웠다. 제게 용서를 구합니다 아버지와 어머니, 자식이 하나로 존재하는 나여, 만일 내가, 내 피붙이가, 내 친구가, 내 조상이, 당신과 당신 가족과 친구와 조상에게 태초부터 현재까지 생각과 말과 행동으로 상처를 주었다면 부디…* 높은 간부에겐 못 하고 빚을 양산하는 세계 금융기구에는 못 하고, 목소리도 못 듣는 국가에게는 안 하고, 말단 대리와 싸우는 사이 막 솟아오르던 사랑시가 시들고 말았다

* 하와이의 치료사 모르나의 기도문 중 시작 부분. '호오포노포노'라 불리는 고대 하와이 치유 철학은 타자의 병과 내 인생에 들어온 사람들과 세계의 문제를 '외부로 나타난 자기 내부의 오류'로 파악한다.

아버지

머리 감싸쥐며 아버지,
소리가 나뒹그라졌다 1평짜리 카타콤 벽에
아버지가 쾅 부딪쳐 사라졌다
서너 번 고아원 찾아온 아버지는 빵이고 털모자였다
그날은 운 좋게도 두드려 맞지 않고 지나갔다
아버지는 신기한 주문,
밥 좀 주세요 밥 없으면 김치라노 좀 주세요
배고플 적마다 아버지를 불렀다

왕초들에게 쥐어터질 때도 빡통이 날아올 때도
아버지가 튀어나왔다
먼 바다 나간 사이 여자가 집을 통째 떠메고 갔을 때도
여자 이름 대신 없는 아버지만 불러댔다
기관실 철판으로 떨어질 때도 아버지와 함께,
머리뼈가 부서졌다
아시바 타다 떨어질 때도 아버지와 함께,
척추가 부러졌다

아버지 찾아 헤매느라
아버지가 되어보지도 못했다
쪽방에서 먼 언덕길 일부러 찾아다니며 아버지,
양은냄비 신쭈 구리 스뎅 부대자루에 주우며 주여,
대체 당신은 어디에 숨어 계십니까

나비의 집

1

1945년 이스라엘 점령군이 쳐들어올 때

갓 태어나 올리브나무 아래 버려진 여인 이름은 만수라,

승리라 했다 전쟁에 졌지만

살아나 총 내신 작고 가는 바늘을 들었다

저 높은 곳을 향하여, 날마다 올라가는

이스라엘 정착촌 아래 난민촌

여인의 바늘에서 꽃씨가 뿌려지고 애벌레가 태어났다

뛰어다니는 아이들 웃음소리 먹고 꽃이 자라고 나비가 날았다

차례차례 죽어간 조국과 아비와 남편

바늘 밑에 파묻고

철저히 패배해서 꽃밭이 되었다

2

노래하는 당나귀를 보았는가 무거운 짐 이고 지고
앞만 보고 걸어가는 무심한 눈길
짓누르는 돌덩이 아래서 흘러나오는
경쾌한 노랫소리

그에겐 이미 짐이 없다

부서지기 쉬운 자들이 짐을 진다
천천히 가지만 언젠가는 사막을 통과한다

가녀린 나비가 바리케이드를 넘는다
날개 한 잎 상하지 않았다

위엄에 대한 예의

부조 속 사자가 피를 토하고 있다
배와 등과 다리와 가슴 온몸에 화살을 맞은 채

눈은 튀어 나오고 삶을 참느라
터질 듯 불거져 나온 힘줄들
갈기는 한 가닥 한 가닥 곤두서 창이 되었다

죽일 테면 죽여라,
그렇다면 죽어주마,

몸 가누려 안간힘 쓰며
쓰러지기 직전 자세로 이천 년을 버텼다

저 사자를 돌 속에서 빼내고 싶다
피 흘리는 저 몸에서
화살을 빼야겠다

거북손

한 아이가 땡볕에서 모래를 파고
두 아이가 채석장에 팔려와 망치질하고 있다
해가 뜨고 해가 질 때까지 주먹밥 두 개 목장갑도 없다
세 아이가 밤거리에서 짧은 치마 걷어 올리고
네 아이가 달라붙어 푸르딩딩한 거북손으로 카펫을
짠다
해가 지고 달이 뜰 때까지 매듭이 끝나지 않는다
다섯 아이가 한쪽 다리로 지뢰밭 헤치고
여섯 아이가 쓰레기 더미에 벌레처럼 엎드려 있다
일곱 아이가 축구공을 깁고 있다
조각난 살가죽 12개의 오각형과 20개의 육각형,
백 번 넘게 바늘에 찔려야 공에 날개가 달린다
여덟 아이가 지하에서 석탄을 캐고
아홉 아이가 굴 깊숙이 다이너마이트를 설치한다
갱도에서 기어 나오며 아이들이 달리기를 한다
오각형과 육각형 테두리 안에서
지하엔 구세주도 없다 차라리 없는 게 낫다

이사

시급 260원짜리 캄보디아 소년들
가슴과 배에 AK-47 소총이 관통했다
단지 기본급 160달러를 요구했기 때문이다
아직 살아남은 소년소녀들이 자취방에 둘러앉아
생선구이 한 마리 가운데 두고 밥을 먹는다
잔업 150시간 월세 밥값 전기세 물세 물고 나면
버스표 몇십 장 뒹굴던 시급 400원짜리
내가 저기서 다시 사는구나

내가 추우면 누군가의 등이 그만큼 따뜻해질 줄 알
았던
내가 배고프면 누군가 조금은 채워지는 줄 믿었던
자고나면 물 잔에 얼음이 얼어 있던 밤들이 가고
가난한 희망 먹고 배불렀던 어제의 내가 지고
오늘 내 손에 메이드 인 캄보디아
5천 원짜리 몸뻬 두 벌이 들려 있다

다음 내리실 역은

마천루가 하늘을 뚫어 청회색 구름이 줄줄 새어 나오는 도시 한가운데를 전동차가 울부짖으며 질주하고 있었지. 아이를 내게 던진 여인이 전차를 온몸으로 받아내며 바스라지는 검은 꿈속에서 나는 타들어가는 아이를 안고 뛰었지. 입으로 들어간 불길이 목구멍과 식도를 태우고 내장을 그슬리고 녹아내린 나일론 천에 달라붙은 엉겨붙은 살점과 타들어간 뼈들이 전동차 바퀴속으로 들어가는데 히히, 미끈한 마네킹들이 비웃고 있었지.

아이를 안고 달리고 또 달렸지. 아이는 계속 쪼그라들어 마침내 갓난아이처럼 작아졌지. 철석같이 믿은 병원은 아기를 돌봐주지 않았지. 아기는 진저리치듯 떨더니 스르르 눈이 감겼지. 난 그제서야 소리쳐 항의했지. 의사는 말릴 틈도 없이 아기 입에 주삿바늘을 꽂아 넣었지. 우유병은 밑이 뚫어져 줄줄 새었고 아기는 몇 모금 빨다 영영 눈감아버렸지. 뜨겁다 소리조차 내지르지 못한 아아아 모음뿐인 외침과 절규가 환청처럼 들리는데, 지상에서 영원히 철거당한 차가운 주검 곁, 새가 운다.

루까스의 장미

우리는 짐승이 돼버렸어
오, 장미 위에 파리 장미 밑에 구더기
우리의 군왕들은 이마를 조아리며 뿌리에 붙어살지
권력은 욕심이 없어 다 나눠 주지
다 가져 물도 땅도 전기도 기차도
민영화 민영화 너희가 다 가져
머잖아 붙잡고 올 나라조차 팔아먹으리라

우리는 괴물이 돼버렸어
오, 장미 위에 파리 장미 밑에 금덩이
독재자의 금고는 장미 아래 묻혀 있지
오오, 신기해라 향기 대신 돈이 줄줄 새 나오네
보이지 않는 손은 위대해 칼 대신 깃털 달린 펜으로
날개를 달아주었네 시간은 돈,
속도를 멈출 수 없었네 오오, 놀라워라
기차는 철로를 벗어나 하늘로 날아갔네

우리는 짐승이 돼버렸네 오, 장미 위에 파리

거리에서 노래 부르던 스물두 살 루까스는 사라졌네
짐승이 되기 전 부서졌네 이 칸과 저 칸 사이
꽃잎처럼 납작하게 붙어버렸네
으깨진 노란 살점 장미는 노래
철길에 엉긴 피 장미는 붉어
꽃을 뿌려라 장미 위에 장미
흩어진 네 곁에 한 세계가 열리고 있다

구럼비는 말이 없다

집도 절도 없는 붉은발말똥게가 게걸음으로 느릿느릿 기어간다 품 넓은 바다가 다가와 사리 같은 알들 쏟아내느라 충혈된 그의 눈자위 식혀주었으리 내장까지 비워낸 그의 오랜 탈피 알알이 새겼으리

학벌도 수입도 캐묻지 않고 기수갈고둥 두 마리가 살을 맞내고 있나 위에서 봐도 옆에서 봐도 병등한 8자 모양, 서로에 닿기 위해 온몸으로 써내려간 구불구불한 상형문자 뼈끔뼈끔 해독에 열중인 갯벌의 너른 이마 파도는 차마 지우지 못한다

열대여섯 살 돈 벌러 나간 고향 언니들 같이 어려서 대처로 떠난 은어들이 떼 지어 돌아오네 도톰한 입술에 은빛 루즈를 바르고 처녀가 다 되어 파란만장 세파에 긁힌 등짝 천 실 만 실 머릿결로 층층고랭이가 토닥거린다 객지 나가 욕봤다 자식 낳고 잘 살아라

금빛나팔산호 나팔 소리는 듣지 못하고 우리는 왜

별혹산호 별빛에는 눈멀지 못하는가 우리는 어찌하여
아파트 없어도 잘만 사는 붉은발말똥게는 못 되고 통
장 없이도 사랑만 잘하는 기수갈고둥은 못 되고 물만
먹고도 팔뚝만 굵은 수지맨드라미산호는 못 되고 수
천 수만 출렁이 는 은빛 춤사위는 못 되고 우리는 어찌
하여 그렇게는 못 되고 부수고 망가뜨리고 서로 해치
는 종족이 되었는가

멸종
―새를 듣는 몇 가지 시선 3

북아메리카에서 가장 아름다웠다는
캐롤라이나 쇠앵무새를 잡기는 참 쉬웠다

둥지에 산탄총을 쏘면 곧바로 날아올랐다가*
땅에 떨어진 동료 곁으로 금세 내려앉았기에

확실한 농정과 우려의 표정으로
떨어진 날개 내려다보며 울었기에

황금빛 머리와 에메랄드 빛 날개
무지개처럼 울려 퍼지던 노래는 사라졌다

노래가 징 박은 구두 발굽을 물리칠 수 없었다
연민이 쇠로 된 탄창을 이길 수 없었다

* 『거의 모든 것의 역사』, 「안녕」편, 쇠앵무새들이 둥지를 짓고 사는 나무에 계
  속 산탄총을 쏘아댔던 찰스 윌슨 필의 증언.

통계 수치

6초에 1명꼴로 아이들이 굶어 죽는다
만성적 영양실조 8억 4천 2백만 명
강제로 노역하는 아이들 2억 4천 6백만 명
빚에 팔려가는 아이들 570만 명
매년 2만 2천 명 아이들이 일하다 숨을 거둔다
선전포고도 무기도 가해자마저 없이 살해당한다
어떤 통계도 울게 하지 못하지만
어떤 수치는 잠시 동안은 수치심에 떨게 한다
우리는 작아졌다 물건이 넘쳐나는 동안
갈가리 찢겼다 자본에 사육당하는 동안
분쇄기에 들어가 가루가 되었다 수치가 커지는 동안
보이지 않는 줄에 묶여 수인이 되었다
내가 걸터앉은 의자 다리를 내 손으로 잘라냈다
기우뚱한 의자가 흔들리고 있다 다리에서 가장 먼
내 머리에 지진이 일어나고 있다

일하지 않는 자여, 맛있게 먹어라

일하지 않는 자여 먹지도 마라,
이 구호는 병들었다 누구를 위해 일하는지도 모르고
산 자와 죽은 자로 갈라진 노동은 시체를 쌓는 강
고용과 합체가 되어버린 노동은 죽음의 춤사위
해서는 안 될 일, 하지 않은 자여 맛있게 먹어라
그댄 뇌물과 청탁을 받을 의자도
비리와 조작을 지시할 상관도 끈도 없다

만인에게 기본소득을 보장하라,
아이나 늙은이나 부자나 가난뱅이나 목숨줄은 하나
하나의 위 하나의 심장에 똑같은 생존권을!
적자생존은 거짓말이다
나무도 뿌리가 얽혀 물을 나눠 가진다 눈에 안 보이는
그 작은 세포들도 막을 통해 양분을 주고받는다

만국의 백수여 당당하라, 그대 손은 백 개,
탄식하며 부끄러워하는 흰 손이 아니라
손 벌리는 곳마다 달려가 그의 손이 되어주었다

하늘 우러러 땅에 엎드려 생명을 키웠다
새벽이슬 덮고 지는 달을 노래하고 톱니바퀴 바깥
에서
톱니바퀴를 관찰했다 그대는 밤새 홀로 깨어
인류의 새로운 지도를 그리고 아픈 자를 위해
환전한 수 없는 눈물을 흘렸다

만인의 것 만인에게 돌려주라,
가난과 사랑과 고독과 자유를 어찌 수치로 젤 수 있
으랴
서류 더미로 만인의 불운을 판정하지 말고
구걸하듯 불행을 꾸미지 않게 하라
선심 쓰듯 주지 말고 봉사도 노동도 강제하지 마라
받기 위해 주는 자는 서로를 타락시킨다
보이지 않은 데서 모르는 자의 등을 밀어주게 하라

프롤레타리아조차 되어본 적 없는 만국의 백수여,
단결하라 각자,

삽과 곡괭이와 노래와 막걸리와 춤으로
끌과 망치 붓과 물감으로 그대의 행복실험실을 경
영하라
머잖아 그곳에서 진실로 함께 사는
신인류가 뚜벅뚜벅 걸어 나오리라

회전 식탁

아이들에게 지구의를 나눠 준 적 있지
지구라도 되는 듯 좋아하던 딸아이 탄성 때문에
진작 사 주지 돌리고 놀게, 원성이 오래 남아
지구의 함께 돌리다보면 하느님이 된 것 같았지
푸른 바닷물이 출러덩, 물고기들도 펄떡
튀어 나오는 것 같았지
빙빙 돌리면 둥글게 넘치는 잔칫상 같았지
지구의를 돌려라 중국집 회전 식탁처럼
지구를 돌려라 팔 짧은 아이도 음식이 닿게
지구가 도는 까닭은
누구도 굶지 않는 회전 밥상이 되기 위해서다
아이들아, 지구의를 돌려라 새 지구를
저기, 푸른 식탁이 돌고 있다

꽃기린*

내 생의 절반은 가시면류관
가시 자리에서 살지고 빛나는 잎 솟았고
가시 자리에서 붉고 빛나는 꽃 돋아났다
내게 낮은 너무 눈부셨으니
가시로라도 빛 되돌려주어야 했느니
내게 밤은 너무 추웠으니
가시 활처럼 구부려시라도 건녀야 했느니
내 영혼의 태반은 헛꽃
꽃 속에 작은 꽃 숨겼느니 꽃 밖에 큰 꽃 흘렸느니
내 사랑 혹 보이지 않을까 붉은 입술 한껏 벌리어
내 속으로 미끄러져 들어오는 보드라운 길을 내었
느니
모래알만 한 꽃이여, 생략이 생존이었느니
작아지는 길이 내겐 진보였느니
스스로 그림자 되어 그늘 드리우니

* 가시면류관이라고 불리는 선인장

받아쓰기

흰물떼새가 물위를 가볍게 날았죠 내 속에 숨어 있던 아기 새가 뛰쳐나왔어요 두루미 한 마리 흐르는 물속에 가는 발목 담그고 한없이 느려터진 동작으로 물속을 지그시 들여다보고 있었죠 저도 하늘을 품고 있는 제 그림자 들여다보았어요 양수 속에서 소란했던 제 안의 날갯짓이 멎더군요

꽃잎 하르르 떨어지자 하늘이 물속으로 내려와 받아 안았어요 꽃술 하나 다치지 않았네요 바람 한 줄금 지나가니 물이 제 주름을 폈어요 고스란히 끌어안고 돌아가는 물꽃, 피었던 흔적마저 없었어요 구불구불 강 길 따라 걸을수록 한없이 광대하고 관대해지던 날 있었죠

아무 짓도 안 했죠 종일 강변 따라 받아쓰기만 했어요 받아쓴 것들이 내 안으로 들어와 출렁거렸지요 밖에 있는 것들이 어떻게 들어왔을까, 어쩌면 밖은 밖이 아닌지도 몰라요 밖에서 이어진 물의 실을 따라 들어오면 그것이 나인지도,

강변 구불거리는 물의 춤사위가 끝나는 길목

포클레인 삽 가득 욱여넣은 자갈로 재갈 물린

강바닥 같은 여인이 겨드랑이 받친 채

입 안 모래알 씹고 있다

콘크리트로 봉해버린 젖가슴

가쁜 숨 내쉬고 있다 허옇게 배 뒤집은 물고기

반쯤 떨어져나간 지느러미

붉게 부풀어 오른 살갗

너덜너덜한 꼬리

영혼의 집

스페인 군인들 총구를 피해 500여 년 전 시에라네
바다 산정 높이 올라가 문명과 담을 쌓고 사는 인디오
아루아코족은 조롱박 같은 포포로 하나씩 들고 다니
는데, 구멍에 조개껍질 넣고 코카 잎 씹은 타액 발라 막
대기로 문지르는데, 말할 때나 걸을 때나 하늘을 우러
러볼 때나 쉼 없이 문질러 생각을 기록하는데, 문자 없
는 그들에게 포포로는 마음의 집이자 영혼의 기록이
라는데, 평생 한 권뿐인 포포로가 두꺼워져갈수록 지
혜의 나이테도 깊어간다는데

강은 어머니 실핏줄이오 나무는 팔다리라 생각하는
책 어머니 다칠세라 살금살금 걸어 다니는 책 물의 파
동 읽으며 조용조용 거북 껍데기 두드려 천지간에 감
사드리는 책 약초를 캐거나 일용할 양식 구할 때 대지
와 풀 나무에게 허락을 구하는 책 필요한 것만 가져가
며 반드시 보답해야 한다는 책 만년설 녹아내리고 강
과 호수가 말라가는 대지 병든 어머니 바라보듯 눈물
흘리는 책갈피 펼치면 황금빛 생각들이 쏟아질 것 같

은 동그란 책 조심조심 집필 중인 걸어 다니는 책

　돌멩이 하나 드는 것도
　어깨 한번 치는 것도
　천지 우주가 관여한다는데
　어느 것 하나 사라지지 않는다는데
　네모난 책들에 둘러싸여 세상에 무엇을 보태었는가
　수많은 책 속에 갇힌 이 밤, 난 무엇을 기록하려는가

산하

문경새재 넘었네
아래로 흐르는 것이 본연의 의무라는 듯
맑은 살얼음 밑으로 고요히 흐르는 물소리
흰 옷자락들 분분히 대지를 덮고 길을 덮어
무한히 흰 빛에 둘러싸인 계곡 따라 꿈결인 양 걸었네
다 갈아엎고 파고 들어내는데 버들치 가재는
구호도 내걸 줄 몰랐네 몽땅 가르고 믹는데
오래 흘러온 물은 제 길이라 목청 높이지 않고
달래강은 찰랑찰랑 마애불 발목만 애무하듯 닦아주
는데
난 왜 저 말 못하는 것들에게 자꾸 고개가 떨궈지나
제 것이라 주장할 법적 소유권도 등기도 없이
빼앗고 깔아뭉개도 선언문은커녕 아프다, 말 한마디
못하는 순한 산하 앞에서 난 왜 자꾸 무릎이 꺾이나
생명을 밟고 지나가고도 매번 뒤늦게 알아차리는
난 왜 과오 덩어리만 같은가
푸른 천공을 받아 안은 물은 변함없이 제 길 가는데
마애불은 돌아앉아 말이 없는데

문자(文字)를 애도함

전송된 문자 속엔 흥건한 핏자국
뚝뚝 문신이 새겨지고 있었다
어떤 말은 죽음보다 아파서 질근질근
씹어대는 문자를 피한다는 게 그만 벼랑이었다

나야 나, 내 목소리 들리니?
금 밖에서 아이를 보듬어 안았다
점점 더 크게 원을 그렸으나 문자 밖으로
훌쩍 뛰어넘어 간 아이는 돌아오지 못했다

바다로 돌아가지 못한 병든 고래가
검은 말들을 쏟아내고 있다
산 것 삼켜 죽은 말들을 토해내는 거대한 연통

한 우주가 사라질 때
오, 천사여
당신 날개는 어디 있었는가

귀가 심장 옆에

말들이 토해지고 있다
머리에 귀를 두 개씩이나 달고서도 들리지 않는
콘크리트 같은 거리에 선 지 오백 날
네 입에선 붉디붉은 말들이 흘러내리고 있다
질러대는 말들이 곤두박질치고 있다

심장 옆에 귀가 붙어 있었나면
쫓기는 말발굽의 말은 아니었으리
멀리서 들리는 신열에 들뜬 신음에도
심장이 팔딱팔딱
문 박차고 네게 날아갔을 테니
차마 말 못하고 돌아서던 등에
눈물 방울져 내리는 소리 들을 수 있었겠으니
뽀루룩 뽀루루룩 지렁이 우는 소리
입 없는것들의 말도 들을 수 있었겠으니

저 멀리서 말이 스멀스멀 새어 나온다
첩첩이 포개고 서로 기대앉은 산

깎아지른 벼랑 지우며 말이 태어나고 있다
안개와 구름 속에서 푸른 입들이 달싹달싹

입 없는 말,
저 희푸른 말 속에 들고 싶다

언더그라운드

물이 뚝뚝 흘러내리는 내 거처는 지하, 땅 밑에서 솟아 나온 물고기들이 겨드랑이 간질이며 놀지, 곰팡이는 잘도 퍼져 나가지 들불처럼, 벽과 천장은 화폭, 검은 그림들이 완성되어가고 있네 구부러질 줄도 모르는 1이여, 보이지도 않으면서 일거수일투족 감시하는 CCTV 같은 신경질적인 유일신 대신, 예 할 때 예 하고 아니오 할 때 아니오 분명히 답하는 진실을 다오

푸른 종이에 흰 글씨, 거품 물고 출렁이는 종이를 두드려대는 파도처럼, 허공을 찔러대는 화살촉 가는 나뭇가지처럼, 내 무기는 몸뚱이와 펜, 창 없는 방에 창을 새겨 넣지 창밖에 서천꽃밭 그려 넣지 내 펜은 새의 부리 닫힌 하늘 두드리는 망치, 빛이 새어 들어올 구멍 하나 뚫고 있지 나를 키운 건 어둠, 물위의 잠 속에서 미모사처럼 손을 뻗었지, 뻗친 만큼만 분명한 나, 화장한 행복보다 있는 그대로 맨얼굴을 믿었지 거품 속 헛도는 희망보다 불행이 나를 일으켜 세웠지

청탁받지 않아도 썼지 쓰지 않을 수 없어 썼지 쓰면서 동시에 불행할 수 없었지 불화와 불안은 나의 양식, 예측할 수 없는 운명보다 조건이 갖춰지면 싹 틔워 올라오는 흙과 씨앗의 인과를 믿어 배불렀지 표정도 얼굴도 없이 달콤한 미래를 약속하는 국가여 한자리 꿰차는 순간 냄새를 풍기기 시작하는 혁명보다 지금 여기 숨 쉬는 목숨 옆에 누워 잠시만 그대 따스한 체온 나눠다오, 지상이여 가여워하지 마라 내 불행으로 옆 불행의 손을 잡았으니 양이 차면 반드시 새로운 질, 고통 딛고 고통을 넘어서나니

저를 통과하는 일

정오의 햇살이 내 정수리에 쏟아지고 있다
태양 바깥 면에서 지구까지 1억 5천만 킬로
빛답게 빛의 속도로 8분 만에 도착했다

만 년 걸렸다
지름 140만 킬로밖에 안 되는 제 속 통과하는 데
제 안엣것들끼리 부딪치고 깨지고 폭발하면서

고요해 뵈긴 해도 꽤나 시끄러울 것이다
속 많이 끓었을 것이다 불타는 태양
부스러기인 나도 내 속 벗어나느라 평생 걸렸다
중심에서 가까운 길이 뜨겁고 가장 멀었다

이 티끌만 한 거대한 나를 통과했으므로
오늘 그대를 만날 수 있었다
안녕하세요, 1만 년하고도 50년 만에 만난 당신

몰라서 가는 길

'몰라 가는 길'
동그라미가 꺾여 네모가 된 길,
몰라도 올라갔지
어젯밤에도 난 물밑을 다녀왔어,
거긴 통증관리실이란 게 없더군,
내일도 살아 아침밥을 먹을 수 있을까,
모레도 깨어나 이불을 개야 하나,
이번 생은 통증저장소, 또 태어나야 한다면
상추 씨앗으로나 태어나 빨리 솎아져버리고 싶어,
세상과 기일게도 불화한 에움길에 동백꽃
떨어져서도 곱구나, 한 줌의 붉음 겨울 발치에 묻어
주고
몰래 그대 등에 몇 잎 바치며 올라선 길 끝은 바다,
더 이상 디딜 곳이 없어졌어
길 너머 길, 길이 아닌 길 어쩌면
우리가 나란히 바라보는 풍경 건너까지도
길인지 몰라 저 길 밖에

김동협

―2014년 4월 16일 09:10

나 무섭다, 진짜 나,

아, 나 살고 싶어, 진짜 나,

나 꿈이 있는데, 나 살고 싶은데,

배가 60도 기울었어, 숨이 턱 끝까지 차올라,

이 썅! 진짜 욕도 나오고, 울 거 같은데,

아씨, 나 무섭다고, 지금, 씨바, 니가 와봐요,

아, 난, 진짜 하고 싶은 게 많은데,

여자 친구도 없고, 키스도 못 해봤는데,

치킨에 생맥주도 하고 싶은데, 돈 벌어

철근쟁이 우리 아빠 집 사 주기로 했는데

마지막으로 라임 하나 뽐내야… 쿵,

쿠쿠궁 소리 저거 뭡니까? 진짜, 저거 뭡니까?

전기도 나갔어, 아, 진짜, 나, 어떻게 될지 모르겠어,

아, 씨바, 빨리 와봐요, 나 살고 싶다구요,

죄송해요, 하느님, 네, 하느님, 살아서 봅시다,

물이 차고 있어, 애들이 자빠지고 있어,

나, 구해달라고, 진짜, 가만 안 둘 거야!
이 개자식들, 없애버릴 거야,
이런 물길 속에 내가 묻혀? 니들은 날 못 묻혀,
내가 니들 뺨을 쳐? 니들은 내 등을 쳐,
지금 배는 85도, 내 머릿속 온도는 100도,
너흰 지금 무탈? 난 너흴 쳐부술 각시탈,
내가 은장도로 너흴 쳐? 너흴 칠 공수도,
아름다워,

배가 잠기고 있어,
내가 잠기고 있어,
마침표 같은 건 찍지 마, 돌아오고 말 테니,
꺾어도 가만있는 꽃 같은 건 되지 않을 거야,
증언도 못 하는 새도 아니고 물고기도 아니고,
반드시 사람으로, 난, 다, 시, 와, 야, 겠, 어,

행인(行人)

그는 걸었다 집을 통째로 담은 망태기 메고 멍석 위에 고추 널 듯 덕석 위에서 콩 고르듯 맨발로 조심스레, 수레와 자동차 바퀴 사이, 소요와 고요 사이, 압제와 혁명 사이, 흙발로 걸어갔다 푸성귀 나비 새와 함께, 하늘처럼 알고 먹었다 손바닥에 몇 알갱이 밥, 종지에 달라붙은 깍두기와 갓김치 몇 쪽

빗창 들어 새끼들 입에 다디단 성게알 넣어주었다 죽창도 들었다 결단코 바람에 뽑히려는 고춧대 세우기 위해, 탱크로 돌진한 적도 있다 아니다 깔아뭉개려는 것, 새 하늘 새 땅 갈기 위해서였다 사발통문도 돌렸다 도망 다녔다 효수되었다 산산이 흩어져 날았다 흙구덩이에 파묻혔다 산 채 수장되었다

세기와 세기를 잇는 간이역, 다시 왔으나 아무도 알아보지 못했다* 해월이가 복희 업고 종철이 손잡고, 개남이가 환인이 무등 태워 지나갔으나, 들깨 밭 한가운데 지심 매다 말고 우두커니 서서, 허공 어루만지는 앙

106

상한 뼈 감싼 나이롱 몸뻬, 장대비에 깃발처럼 펄럭였
으나

　　툭툭 터진 참죽나무 살갗 같은 역사
　　장대 끝에 매달린 낫 지나간 자리마다
　　부어오른 손
　　참죽 향이 타오른다

* 그 어두운 밤/ 너의 눈은/ 세기(世紀)의 대합실 속서/ 빛나고 있었다.// 빌딩
마다 폭우가/ 몰아쳐 덜컹거리고/ 너를 알아보는 사람은/ 당세에 하나도 없
었다. (신동엽,「빛나는 눈동자」부분)

이태민

현관에 가지런히 놓인 다섯 식구 신발들
아홉 살 막내 분홍 샌들 옆에 250밀리 운동화,
신발 주인은 아직 귀가하지 못했다

클 태(泰), 백성 민(民)
1997년 8월 6일 오후 5시 16분 출생

호텔 조리사가 꿈이었다
2년째 일주일에 두 번 요리학원 다니며
햄버그스테이크, 브라운 그래이비 소스, 치킨커틀릿,
치킨알라킹, 프렌치 프라이드 쉬림프…
학원에서 갈겨쓴 레시피 집에 와 꼼꼼히 다시 기록한
피사의 사탑 서 있는 스프링 노트는
피시 차우터 수프에서 끝났다

동생들에게 오믈렛 만들어주고 설거지하고 빨래 개고
종일 남의 머리카락 자르다 돌아온 엄마 신발 벗겨
발가락 사이, 찌르는 억센 머리털 빼주고

멀리 현장 가 있는 아빠 대신 현관문 잠그던 태민이는
빈 신발이다 문밖을 향한 운동화 속엔
들어갈 발이 없다 구겨 신을 발뒤꿈치가 없다

친구들과 여행 간 태민이는
아직도 집에 돌아오지 않았다
단원고등학교 2학년 6반
소년과 청년 사이,
영원한 학생
큰 백성은

거꾸로 나는 새
─새를 듣는 몇 가지 시선 6

불길처럼 갈라진 꼬리로 공중을 친다
힘껏 날개를 펼쳐 바람을 돌파하라

고개 젖히고 뒤를 보라
방금 날아온 궤적이 바로 나다

비상은 춤,
바람이 거셀수록 빨리 난다

비상은 노래,
부딪칠수록 내 날개는 악기가 된다

천둥 치는 먹구름 속, 지금 여기서
추락한다 해도 잿더미 속 불기둥이 나를 올려주리

신화 속에서 새는 아직도 거꾸로 날고 있다
내 속에서 당신 겨드랑이 속에서

닻

쇠사슬을 풀어라

우당탕 굉음 질러대며 불꽃 튕기며

지금은 진창에 도끼날 꽂을 때

노도와 같은 질주를 멈추고

바닥에 닿아야 할 때

바람과 햇빛에 말라붙은 흙과 벌건 녹

지난 잔해 토해내며

갯벌 속으로 처박히는 칼날이여

조류에 휩쓸리지 않기 위해

참으로 요지부동하기 위해

얼마나 흙칠갑을 해야 하는가

한 바닥에 골똘히 나를 부려

어둠 속 기나긴 배밀이를 견딘 다음에야

밟고 지나가버린 밑창을 들여다보게 되리라

우리가 건너온 아픈 바다의 심중을

숨은 빛

장난처럼 한 도시가 무너져 내리는 걸 보았다
그곳은 방금 빠져나온 곳,
내가 서 있던 견고한 다리가 꾸불텅하더니
꼬리부터 폭삭 주저앉았다
우린 불을 뿜는 용의 몸통에 거주했던 거야
사람들은 비명도 없이 쓰러져
꽃잎처럼 떨어져 내리는데
나는 바구니 속에 아이들을 담아
숨길 곳을 찾아다녔다

아이들은 장난 삼아 총을 휘둘러
끈적한 핏빛 페인트들이 솟구치고
지하 봉제공장에서 마스크를 쓴 소녀들이 쿨럭쿨럭
언제 묻힌 주검들인가
봉분 같은 솥단지가 줄줄이 걸려 있는 철탑
나선처럼 꼬여 있는 아슬한 난간들
검은 먼지만 날렸다
어디에도 아이들을 숨길 데가 없었다

흰 시트로 몸을 감은 소녀가 손짓을 했다
밀랍 같은 얼굴, 오래전 멸종한 질문 퍼 올리느라
죽지도 못했다
그의 입은 잎, 언 땅을 뚫고 솟아올랐다
그의 말은 꽃, 젖몸살로 땡땡 뭉친 꽃멍울
한 잎 한 잎 가지를 찢고 달빛처럼 새 나왔다

눈을 뜨니 거북이 등껍질처럼 갈라진 땅
쇠말뚝 박힌 산,
그러니까 난 선 채로 꿈을 꾸고 있었던 거지
너무 휘황찬란해 밤을 볼 수가 없어
달이 제 빛 살짝 감추었던 거지

혹등고래의 노래

나는 혹등고래
새끼 하나 데리고 난바다를 건너간다
물에 먹혀 물이 되어버린 소리를 느끼기 위해선
같은 깊이로 내려가 오래 엎드려야 한다
소리가 멀리 퍼져나가기 위해선
물속에 머리를 처박고 움직이지 않는 섬이 되어야
한다
소리를 막 통과하기 위해선 몇 겹 주름을 지나가야
하고
울음에 화답하기 위해선 소리회랑에 몸을 기울여야
한다
삶은 혹, 머잖아 네 등에도
파래와 따개비와 고기들이 잔뜩 실릴 게다
맵짠 노래가 울음이자 사랑이라는 것을 알 때까지
꼬물거리는 이 모든 것들과 함께 바다를 건너가자
꼬리와 지느러미로 바닥을 치며
영원 같은 하루치의 생

114

뜨거운 침묵

빗장 영영 닫아걸었다
옆에서 활활 타오르는 불길도 오래 다물어온 옹이
단단한 입술 열게 하지 못한다
돌처럼 굳어버렸다
제 몸 비틀어 새 길 여는 동안
뜨거운 불 속에서도 요지부동
그의 옆얼굴이 새의 부리를 닮았다
날개도 달았다 수직으로만 솟구치던
묵은 길 지워가는 동안,
오랜 침묵 끝에 받아들인 불길
속에서 터지는 외마디
활활 새가 난다
깊숙이 터져나오는 옹이 숨결로
아궁이 안팎이 환하다
오랜 침묵이 타고 있다 이미 숯이 되어버린 나무들
전생까지 되살리고 있다

시의 몸, 몸의 시

—세기와 세기의 간이역에서 받아쓰다

이설야 시인

　대지의 '저주 받은 시인'들은 자신만의 비밀국가가 있다. 시로 이루어진 자연과 마을, 시의 몸이 연장된 시의 나라. 그 나라의 대통령인 시인은 시로써 나라를 통지하고, 시로 써 땅, 물, 불, 바람과 이야기를 나눈다. 그 비밀국가에는 감옥과 병원이 없다. 풀이나 개미, 구부러진 못과 낡은 목장갑이 주민이다. 오래전부터 이 세계의 추방자인 시인은 자신만의 나라를 세울 수밖에 없는 절망적인 운명에 사로잡힌 자들이다. 그 운명에 끊임없이 저항하며 계속해서 시의 집을 짓고 부순다.

　"시는 이 세계를 드러내면서 다른 세계를 창조한다. 시는 선택받은 자들의 빵이자 저주받은 양식"(옥타비오 빠스)이기도 하다. 그 양식은 저주를 품고 있으므로 시인들은 언제나 허기의 노래를 부른다. 또한 이 세계를 반영하면서 다른 세계를 창조해야 하는 운명을 지닌 시인은 매번 다른 삶을 몸으로 받는다. 그래서 시인들은 아프다. 세상에 깃든 온갖 영혼과 신들의 몸을 온전히 받아써야만 살수 있는 저주에 걸렸기 때문이다. 그 저주는 어떠한 마법으로도 풀 수 없다. 모든 억압 받는 영혼들과 함께, 대지의 저주 받은 시인들은 형벌을 받고 있는 것이다. 시를 쓰는 동안은 그 형벌을 덜어내는 순간이다.

그러나 그 '다른 세계'는 결코 도피처나 현실 바깥이 아니다. 현실의 내홍을 뚫고 지나간 세계, 현실에 철저히 복무하면서 넘어간 세계이다. 자신의 내부에서 일어나는 변화나 진동은 모두 외부 세계와 연결된다. 그 어느 경계에서 불꽃이 튈 때, 시는 발현된다. 그러나 한 편의 시가 완성되었다고 마음을 놓아선 안 된다. 그 시가 처음 출발했던 자리. 그 자리를 다시 찾아가는 것. 그래서 시란 무엇인가라는 물음의 자리로 되돌아가는 것. 김해자의 시를 읽는 일은 그러한 일이다.

이상하기도 하죠 스무 해 전에 도망쳐 왔는데
아직도 내가 거기에 있다니
내가 떠나온 그곳에 다른 내가 살고 있다니요
푸른 작업복에 떨어지는 핏방울
아직도 머리채 잡혀 끌려가고 있다니
앞으로 달려온 줄만 알았는데

제자리에 선 뜀박질이었다니요

—「어진내에 두고 온 나」 부분

80년대 노동문학의 열기가 거의 식어갈 무렵, 뒤늦게 『내일을 여는 작가』(1998년)로 등장한 김해자 시인의 행보는 독보적이다. "스무 해 전에 도망쳐왔는데", 아직 제자리인 인천 갈산동 어진내라 불리던 동네 쪽방들과 공단들을 전전하고 있다. 10여 년 가까이 미싱을 탄 시인에게는 늘 '노동자시', '노동시'라는 수식어가 따라다녔다. 아직도 떠나오지 못한 그 자리로부터 김해자의 시는 탄생한다. 그 자리는 노동하는 곳이자, 세상의 부조리와 저절하게 싸우는 자리다.

90년대 이후, 한국 시는 줄곧 난해하고 공허한 울림을 재생산해왔다. 비평가들은 '새로움'이라는 포장 아래, 해석 불가능한 언어들의 잔치에 일제히 찬사를 보냈다. 현실과는 동떨어진 시들의 새로운 해석들로 흘러 넘쳤다. 결코 풍요롭지 않았다. 시인들 스스로 외부 세계로부터 격리되어, 이것이 이 시대에 맞는 시의 전형이라는 듯 비슷한 목소리로 언어유희(혹은 기표 놀이)에 빠졌다. 미래파 이후, '시와 정치' 논의가 시단을 화려하게 물들였을 때, 리얼리즘 진영에서도 새로운 리얼리즘에 대한 미학적 실험이 진행되고 있었다. 우리는 리얼리즘이 더 성숙하기도 전에 너무 진부하다며, 폐기를 서두른 것은 아닐까? 국가가 실종되고 있는 이 참혹한 시기에 '노동시' 혹은 '정치시'에 대한 논의는 이제야말로 더 절실하지 않을까?

김해자의 새 시집을 통과하면서 진정으로 실현된 적이 없었던 리얼리즘의 영토는 더 넓어지고 깊어질지도 모른다. 이번 시집에 등장하는 새로운 시적 주체와 공간은 언어를 초월하면서 현실에 대한 응전을 미적으로 재구축하고 있다. 언어가 내뿜는 기표와 기의에 낯선 의지를 품고, 시가 환기하는 본령에 다가가고 있다.

우리가 쓰는 모든 시는 넓은 의미에서 '노동시'의 범주에 넣을 수 있다. 우리는 작게라도 노동에서 자유로울 수 없기 때문이다. 다만 시인이 어떤 의식과 사유로 시를 쓰는가가 중요한 문제다. 즉, 자본주의에 포섭되지 않는, 상품으로서의 가치와는 거리를 둔, 오염되지 않은 언어가 그것이다. 지금 시의 위기, 문학의 위기를 지나고 있지만, 그건 별로 중요하지 않다. 위기를 인내하면서 새로운 세계에 대한 열망과 실천으로 시는 한 발짝씩 나아가기 때문이다.

이 시집에 들어 있는 좁은 골목을 지나가다 보면 갈라진 발들이 지나갔던 길들, 공장과 광장 사이에 흐르는 폐수들, 오물과 눈물을 받아쓰는 시인을 만날 수 있다. 그 비밀국가에는 "통증저장소"들이 즐비하다.

1. 지(地) : 흔들리는 대지의 사람들

흔들리는 대지의 여성들은 생업과 더불어 가사노동이
라는 그림자 노동(shadow work)까지 이중의 고통 속에 놓
여 있다. 게다가 '여성'이라는 성차별의 장막이 한 겹 더
둘러쳐져 있다. 시 「남자보다 무거운 잠」에서 보여주는
적나라한 여성 노동자의 현실은 충격적이지만, 해학적으
로 묘사하고 있다.

꿈이랑가 생시랑가 머시 묵직한 거시 자꼬 눌러쌓어 눈 떠
본께 글씨, 나, 배, 우에, 머시, 올라타 있드랑께 워어메 이거시
면 일이여, 화들짝 놀라 이눔 시끼를 발로 차버릴라고 했는디
이눔의 나무토막 같은 다리가 말을 안 듣는 겨 죙일 서갖고
콩콩 프레스를 밟아댄께 참말로 이 다리가 내 다리여 넘의 다
리여 이 급살 맞을 놈, 콱 죽여뿐다 이 신발 밑창 같은 시끼,
겨우 몇 마디 하고 글씨 다시 스르르 눈이 감겨버렸나벼
　　　　　　　　　　　　　　　—「남자보다 무거운 잠」 부분

낯선 남자의 무거운 몸에 저항할 겨를도 없이, 노동에
지친 몸이 먼저 잠의 낭떠러지 속으로 떨어진다. 어느 곳
이나 안전한 곳 하나 없고, 꿈조차도 위험한 지대에서 몸
을 숨길 곳은 있기나 한가? 어쩌면 잠보다 더 안전한 곳

은 없을지도 모른다. 당장 눈을 뜨면 노동 현장으로 가야 하는 깜깜한 현실만이 눈앞에 있다. 이 시 한 편으로도 김해자 시인의 존재는 값지다. 이 시는, 타자의 시간과 삶 속으로 온전히 육박해 들어가지 않으면 쓸 수 없는 시이다. 모호한 수사와 과잉 된 미적 포즈로 치장한 시들은 갈 수 없는 생의 경지, 바닥의 경지에 다다른 자만이 쓸 수 있는 시이다. 그 바닥에는 "태어나면서부터 환대받지 못한 탄생의 울음소리"들로 축축하다. 살면서 "텅 빈 가방"이 되어가는 "자궁을 들어"(「가죽 가방」)낸 여자의 비릿한 슬픔은 매일 밤 "저승으로 여행하는", "두들겨 맞은 고깃덩어리"(「가이아노래방」)가 되는 직업여성의 현실과 교차한다. 자본주의 세계에서 여자의 몸은 음부가 숨겨진 하나의 치욕스런 장소에 불과하게 되었다.

신화적 상상력을 차용한 이 시에서 여자들은 더 이상 '신'적인 존재가 아니라 축축한 바닥을 질질 끌려 다니는 "고깃덩어리"로 재해석된다. 대지의 여신인 가이아(Gaia)와 단군신화의 웅녀는 추락해 구덩이에 처박히고 있다. 대지의 여신인 가이아의 이름으로 영업 중인 「가이아노래방」에서의 '가이아'는 노래방에서 일하는 여자로, 단군신화의 '웅녀'는 매일 "은행과 상점 들락거리며 쇠꼬챙이에 찔"리거나, "알몸으로 쇠창살을 넘나"들며, "지하 깊숙이 구덩이를 파"(「웅녀의 시간」)는 존재들로 전락한다. 새로운 신들의 태생지인, 자궁은 더 이상 잉태하지 않는 가죽 가방이 되고 있다.

그럼에도, "남자 여기로 오시오" 말하는 가이아, "굴욕스런 낮"과 "치욕스런 하루"를 무릎 꿇리고, 적의로 젖은 신발 속 술을 다 마셔주겠다는 이 도저한 역설과 아이러니를 무엇으로 설명할 수 있을까. 신의 자리에서 나락으로 떨어진 여자들, 텅 빈 여자들 얼굴 위에 겹겹의 얼굴들이 지나간다. 우리의 얼굴 위에 겹쳐 있는 얼굴들, 우리는 타자의 얼굴을 가지고 있다. 타자의 고통 속으로 우리의 얼굴이 지나간다.

2. 수(水) : 이 모든 이름들이 종이거울 속에서
날 부르고 있다

시인이 만나고 함께 통증을 느끼는 사람들은 대체로 '이상한' 사람이거나, 이 사회에서 부적응자나 무능력자로 낙인이 찍힌 자들이다. 그들은 가난이 현대화(이반 일리치)된 자본주의의 폭력에 무방비 상태로 융단폭격을 당하는 자들이다. 그러므로 "통증저장소"는 다름 아닌 이름을 얻지 못한 자들의 몸이자 영혼의 장소이다. 그들은 너무 위태롭다. 안전한 의자에 앉기 위해서 이 흔들리는 대지에 폭풍이 몰아쳐도 매일 자신의 두 발을 집어넣어야 한다. 거리에는 종이컵에 든 호떡 같은 사람들이 추리닝 바람으로 지나가고, "네모난 수첩들이 문제들 씹어 먹으며 군대처럼 지나"(「지상에 의자 하나」)간다. 텔레마케터의 쪼그라든 심장은 전화기 줄에 매달려 있고, 지하도 차가운 바닥에 종이 박스로 집을 짓는 노숙자들이 있다. 눈앞의 정상만을 위하여 100명 중에서 오직 살아남을 수 있는 1명이 되기 위하여 안전한 의자에 앉기 위하여 우리의 신체와 감정까지 노동시장에 내다판다. 그러나 물건을 많이 만들면 만들수록 우리는 더욱 가난해진다.

우리는 매일 수많은 얼굴과 마주하고 산다. 우리 안에 있는 "타자에 대한 관념을 뛰어넘어 타자가 나타나는 방식, 우리는 그것을 얼굴"(레비나스)이라 부른다. 타인의 얼굴이면서 그 속에 비친 내 얼굴이다. 그 얼굴을 잘 들여다보는 일은, 우선 나의 얼굴을 지우는 것이다. '나'와 '당신'이라는 경계를 지우는 것이다.

언젠가 영동세브란스병원에 누워 있는 시인의 비대칭으로 기울어진 얼굴을 보았다. 그 얼굴 속으로 난 나무들이 만든 길을 같이 걸어간 적이 있다. 나무들은 죽은 듯했지만 죽지 않았다. 그 죽은 나무에 시인은 매일 물을 준다. 그 죽은 나무는 이제 종이거울이 되었다. "전 생애가 비춰지는 영원의 거울"(「종이거울」)이 되고자 하는.

깊이를 잴 수 없는 종이거울의 뒤란에서 잠자고 있던 이름 들 하나씩 불려나올 때마다 난 다시 태어난다 난 나무이자 벌 목꾼이자 사슴이자 사냥꾼, 산 사람이자 죽어간 모든 사람, 맞아 죽은 자이자 때려눕힌 자, 독재자이자 매파이자 창녀이 자 야만적인 인류사, 이 모든 이름들이 종이거울 속에서 날 부르고 있다

—「종이거울」 부분

김해자 시를 통해 물질성을 입고 호출된 생애들이 종 이 위에서 빛난다. 그 생애들은 "영원 같은 하루치의 생"(「혹등고래의 노래」)이 되기도 하고, "종이얼굴"에 비친 나 무, 풀, 동물, 벌목꾼 등 모든 이름들이 시인을 부르기도 한다. 시인은 그들의 장소와 시간 속으로 이동한다. 시인 을 만나서 비로소 다른 이름, 다른 삶으로 호명된다.

시인은 내가 너인지, 너가 나인지, 삶인지, 죽음인지 경 계를 구분 짓지 못하는 "경계선 장애"를 상징적으로 앓고 있다. 어찌 보면 시인들은 경계를 지우고, 넘어선 자들 아 닌가. 내가 아닌 그 무엇이 되는 것. 타자의 고통 속으로 침투하는 것, 타자의 몸을 입는 것. 시는 그렇게 도처에서 오고 있는 게 아닌가.

"왜 우리 집만 집인가, 왜 우리 엄마만 엄마인가", "넌 배고파 허덕이는데 왜 난 배불러 헉헉대나"(「경계선 장애」)

라는 인식은 "나조차 잊어버려야 나로 돌아갈 수 있다"(「합일」)는 깨달음에 이른다. 내가 당신이 되는 합일의 길은 모든 경계를 지우고 나를 온전히 잊어버려야 가능하다. 당신조차 잊어버려야 당신에게 들어갈 수 있는 경지이다. 모든 경계 위에서 경계를 지우기. 경계로부터 자유로워지기. 괴물이 되어가는 우리들에게 지금 필요한 것은 체제가 금 그어놓은 그 모든 장벽과 분리를 뛰어넘는 일이 아닐까? '내 것'이라 확신하는, 주입되고 길들여진 생각과 감정과 감각조차도.

3. 화(火) : 우리는 괴물이 되어버렸어

자본주의의 야만성은 괴물처럼 우리의 삶을 끝없이 갉아먹고 있다. 자본주의사회 도처에서 일어나는 모든 현상은 전쟁을 방불케 한다. 무기를 사용하지 않더라도 전쟁은 일상 속에 내재되어 있다.

김해자 시인이 첫 시집 후기에서 말한 '사불상(四不像)'. 발은 소 같고, 머린 말 같고, 몸뚱이는 나귀를 닮았으나, 머리에 엄연히 사슴뿔이 달렸다. 우리는 스스로 사불상이 되어버렸다. 사물상은 우리의 자화상이다. 수백 명의 어린 목숨들을 수장시키고도 그들은 천국에서 건재하고,

우리는 망각이라는 또 다른 지옥 앞에서 무력해지고 있다. 우리의 역사는 한 발짝 나간 것이 아니라, 뒷걸음치다가 깊은 웅덩이에 빠져 구조되지 못하고 있다. 소, 말, 나귀의 몸을 갖고 뿔만 사슴인, 여러 형상을 한 몸에 갖고, 사슴이라고 우기는 형국이다. 우리는 모두 괴물이 되어버렸다. 우리 안의 괴물을 먼저 발견하는 자가 그래도 피를 덜 묻히고 잠을 잘 수 있을 것이다. 야만을 인정하고 야만에서 멀어지기.

우리 안에서 자꾸만 자라나는 괴물을 직시하고 넘어서려는 노력은 공간의 확장으로 드러난다. 이번 시집의 특징 중의 하나는 시적 공간의 확장과 주체의 부분 이동으로, 한국의 자본주의의 착취 형태가 어떻게 제3세계의 노동자들에게 또 다른 억압의 형태로 전가되어 '이사'하고 있는지 잘 보여주고 있다.

"지상에서 영원히 철거당한 차가운 주검"(「다음 내리실 역은」)이 영원히 잠들지 못하는 이 땅에는 "굴삭기에 들려져 구덩이에 떨어진 아기 돼지"(「훈김」)가 내지르는 차가운 비명들과, 강과 밀양과 강정마을에 이르기까지 고통의 행렬이 즐비하다. 이 고통은 경계를 지우고, 국경을 넘어간다. 1134명의 노동자를 숨지게 한 방글라데시의 봉제공장 참사, 한국 기업의 강제진압 요청으로 촉발된 총격으로 사망한 캄보디아 봉제공장 소년들, 이스라엘 점령군들의 정착촌 장벽 아래 사는 팔레스타인 난민들에 이르기까지 고통은 매일 국경을 넘어 한 배를 타고 침몰하고 있는 중이다.

> 시급 260원짜리 캄보디아 소년들
>
> 가슴과 배에 AK-47 소총이 관통했다
>
> 단지 기본급 160달러를 요구했기 때문이다
>
> (중략)
>
> 오늘 내 손에 메이드 인 캄보디아
>
> 천 원짜리 몸뻬 두벌이 들려 있다
>
> ―「이사」 부분

어린 캄보디아 소년들의 시급은 260원. 그 어린 노동으로 우리는 만 원에 몸뻬 두 벌을 살 수 있다. 소총이 관통해 간 소년들의 가슴에 담긴 미래의 시간을 우리는 단 오천 원에 훔쳐온 것이다. 이제 우리는 제3세계의 어린 노동자들을 착취하며 무엇이나 저렴하게, 많이 가질 수 있다. 카펫을 짜는 아이, 채석장에 팔려와 망치질 하는 아이, 쓰레기 더미에서 1달러를 위해 폐기물을 뒤지는 아이, 축구공을 꿰매는 아이들, 이 아이들이 일하는 "지하엔 구세주도 없다 차라리 없는 게 낫다"(「거북손」).

우리에게는 단지 몸뻬 한 장을 더 가질 수 있는 불편한

사치이지만, 더 많이 갖기 위해 짐승이 되어가는 왕과 그의 수족들 "장미 위에는 파리"가 "밑에는 금덩이"가 탑을 이루고 있다. "물도 땅도 전기도 기차도" 모두 민영화로 팔아버리고, "머잖아 붙잡고 울 나라조차 팔아"(「루까스의 장미」)버릴지도 모를 신자유주의. 전쟁과 야만의 형태는 자본주의라는 가면을 쓰고, 일상 속으로 교묘하게 침투하여 내재되어 있다.

　시는 예언이자, 증언. 잿더미와 물구덩이 속에서도 혀만은 잃지 않은 자가 시인 아니던가. 타자와 더불어 시대의 집단적 아픔이 제 몸에 아로새겨지는 시인은 통증으로 인해 발언하지 않을 수 없다. 김해자 시인의 세월호 참사에 대한 시적 증언은 비밀국가명인 시집 제목으로부터 시작된다. 『집에 가자』의 표제작이 된 「집에 가자」는 간곡한 기도이자 절규이다. "구조된 것은 이름, 이름들뿐"이다. 더욱이 아직도 돌아오지 못한 이름들도 있다. "물에 문신된 텅 빈 문장" 위로 "한 눈은 웃고 한 눈은 피 흘리는/ 깨진 거울"(「비대칭」)을 들고 시인이 부르는 이름이 있다. 이태민. 김동협.

　　멀리 현장 가 있는 아빠 대신 현관문 잠그던 태민이는
　　빈 신발이다 문밖을 향한 운동화 속엔
　　들어갈 발이 없다 구겨 신을 발뒤꿈치가 없다

친구들과 여행 간 태민이는

아직도 집에 돌아오지 않았다

단원고등학교 2학년 6반

소년과 청년 사이,

영원한 학생

큰 백성은

—「이태민」부분

"클 태(泰), 백성 민(民)". 이름이 '큰 백성'인 이태민의 이름을 되찾아주는 것, 김동협이라는 이름이 한때 세상에 있었으며, 국가에 의해 어린 꽃숭어리들이 어떻게 사라져갔는가를 아파하고 증언하는 것은 회피할 수 없는 시인의 몫일 것이다. 이 시대 우리에게 세월호는 절대 잊어서는 안 되는 진실의 마지막 보루이자, 유일신은 오직 진실뿐인지도 모른다. 점점 기울어져 침몰하는 배 안에서 "죄송해요, 하느님, 네, 하느님, 살아서 봅시다," 랩을 부르며 죽음의 고통을 견디며 고발하고자 했던 김동협. 우리의 미래는 결국 돌아오지 못한 채, 구세주도 없는 검은 심해의 물을 찢고 이렇게 말한다.

마침표 같은 건 찍지 마, 돌아오고 말 테니,

꺾어도 가만있는 꽃 같은 건 되지 않을 거야,

증언도 못 하는 새도 아니고 물고기도 아니고,

반드시 사람으로, 난, 다, 시, 와, 야, 겠, 어,

—「김동협」 부분

4. 풍(風) : 일하지 않는 자여, 맛있게 먹어라

우리는 매일 멸종하고 그 자리에, 새로운 종이 탄생한다. 우리는 점점 쓸모없어진다. 노동하면 노동할수록 우리는 세상의 쓸모로부터 더 멀어진다. 새로운 물건이 쏟아지면 쏟아질수록 우리는 더 가난해진다. 머잖아 만삭의 배 속에는 아이 대신 "날개 달린 거북이와 꽃잎으로 장엄된/ 짐승"(「이승」)이 자랄 것이다. 이 짐승이 자라고 있는 곳은 현실인지 가상인지 구분조차 어렵다. "마천루가 하늘을 뚫어 청회색 구름이 줄줄 새어 나오는 도시"(「다음 내리실 역은」)는 무너져내리고, 다리는 끊어지고, "바구니 속에 아이들을 담아/ 숨길 곳을 찾아"봐도 어디에도 안전한 곳은 없다. "흰 시트로 몸을 감은 소녀"가 "밀랍 같은 얼굴"로 "손짓을"(「숨은 빛」) 하는 곳. 타들어가는 아이를 안고 뛰다가, 전동차 바퀴 속으로 들어가는데 "미끈한 마네킹들이 비웃고 있"는 지금 이곳은 어디인가? 아픈 "아

기 입에 주삿바늘을 꽂아 넣"(「다음 내리실 역은」)는 여기는 어디인가? '죽은 아이'는 미래의 상징, 즉 미래의 죽음을 시인은 선언한 것이다. 새로운 유령들이 출몰하는 지금, 방독면과 마스크를 쓴 사람들이 지나가는 이곳에서 우리에게 다음 내릴 역은 바로 낭떠러지 역일지도.

> 머잖아 새로운 종이 탄생할 것이다 만삭이 된
>
> 내 배 속에서 날개 달린 거북이와 꽃잎으로 장엄된
>
> 짐승이 자라고 있다.
>
> —「이승」 부분

이반 일리치가 『그림자 노동』에서 말한 '새로운 유령'은 다른 변종이 되어 나타난다. 이 유령과 함께 살려면 우리가 유령이 되거나, 유령을 없애기 위해, 더 강력한 유령 숙주를 불러야 할지 모른다. 이 괴물을 어서 꺼내야 한다. 그러나 괴물은 우리 몸을 떠나면서 또 다른 욕망을 심어주고 나간다. 그럼에도 불구하고, 우리는 어떤 이유에서든 살아야 할 가치가 있다. 그것에 대항해서 이기는 방법은 우리 서로가 '공생'하는 것이다.

시인들은 '새로운 유령들' 앞에서 언어를 무기 삼아 응전한다. 그래서 시인은 언어가 최대한 오염되지 않도록 자신의 언어를 지키며, 인류의 공동운명과 공동선을 향해 함께 갈 수밖에 없다. 김해자의 새로운 비밀국가의 슬로건은 "일하지 않는 자여, 맛있게 먹어라"이다. "만국의 백수여,/ 단결하라 각자,/ 삽과 곡괭이와 노래와 막걸리와 춤으로" 자신의 "행복실험실을 경영하라"고 한다. "머잖아 그곳에서 진실로 함께 사는/ 신인류가 뚜벅뚜벅 걸어 나"온다고 한다. 그러니 "인류의 새로운 지도"(「일하지 않는 자여, 맛있게 먹어라」)를 펼치고, "누구도 굶지 않는 회전밥상"인 새로운 "지구의"(「회전 식탁」)를 함께 돌리자고 한다. "자전거와 도서관과 시가 공생의 도구란 말 믿고 도서관에 가"(「공밥」)는 시인은 일하지 말라고도 한다. 시로 지은 공밥을 나눠 주는 시인은 노동시라는 무서운 짐을 지고 사뿐히 바리케이드를 넘고 있다.

5. 공(空) : 내 안의 새가 미래의 새를 열망한다

죽은 나무에도 물을 주고, 느긋하게 기다리기. "살아 있다고 믿고 물을 주는"(「죽은 나무에 물 주기」) 것. 이것이 시인의 마음이자, 시를 쓰는 행위일 것이다. 시인의 무기는 "몸뚱이와 펜", "불화와 불안"(「언더그라운드」)이다. 시인의 시론(詩論)은 다름 아닌 자신이 몸으로 쓴 '시'들이다.

「새를 듣는 몇 가지 시선」 연작시는 동학농민운동이

모티브가 된 듯하다. 시인이 살던 전주 서서학동에서 시인은 갑오년의 뜯긴 살 몇 점과 마주한다. 솔숲에 매달려 있는 학들의 "흰 옷, 흰 울음"과 "눈밭에 피를 문 새"(「서서학동—새를 듣는 몇 가지 시선 2」)는 좁게는 갑오농민전쟁 때 죽어간 농민들이면서, 넓게는 우리의 뼈아픈 현대사일지도 모른다. 이 연작시에 등장하는 새들은 모두 '보는(이미지) 새'가 아니다. '듣는(언어) 새'이다. 미래에서 돌아온 딱새, 미친 세월을 건너가는 취한 새, 지금은 볼 수 없는 캐롤라이나 쇠앵무새, 거꾸로 나는 새들을 통해서 김해자 시인은 언어(말)에 대한 근본적인 물음을 던진다. 이 "미친 세월"(「취한 새—새를 듣는 몇 가지 시선 4」)을 건너가는 "아기 새"는 새로운 언어와 사유의 세계를 갈망하는 상징의 주체가 아닐까?

"보일러 연통 속에서" 나온 "아기 새"(「날선 울음—새를 듣는 몇 가지 시선 5」)처럼 시인에게 시의 언어란 "보일러 연통"이라는 현실을 빠져나온 혹은 매개로한 "아기 새"이자, 우리의 미래인 아기 새의 탄생을 위해 목숨의 위협을 감수하고 달려드는 어미 새의 날선 울음이기도 하다. 그것은 거듭된 생을 통과한 우리의 역사이자, 우리 신체 속에 새겨진 몸의 언어다. "아기 새"는 미래에서 돌아왔지만, 몇 번의 생애가 다녀간 전생(前生)을 다시 사는 생애이자, 전생(轉生)하는 계속 태어나는 아이들이자, 새로운 언어이

기도 하다. 그 모든 것이 지금 이 순간에 압축된 전생(全生)의 몸으로서의 시가 되며, 개체성은 생명을 연속하게 하는 전체성의 응축이자 발현이 된다.

김해자라는 비밀국가에 사는 주민들은 모두 이름을 지니고 있다. 김해자 시의 모든 저작권은 식물과 동물, 바닥을 헤매는 갈라진 발가락이자 비루한 사물들에게까지 미친다. 하찮은 돌멩이와 바닷게, 이지러진 달과 바람 그 모든 것이 스승이다. 모두가 "조심조심 집필 중인 걸어 다니는 책"(「영혼의 집」)이다.

이번 시집은 첫 시집의 「심지에 쓴 시」와 두 번째 시집의 「승천」과 「데드 슬로우」를 넘어서는 진화를 보여주고 있다. 우리가 꿈꾸고 바라는 리얼리즘은 아직 도착하지 않았는지 모른다. 자기반성과 갱신을 통과해야만 당도하게 될 자리, 그것은 혹시 우리가 쉽게 건너뛰고 만, 미래 리얼리즘의 본령이 아니겠는지. 진실이 불온이 된다면, 현실을 더 불온하게 증언하기 위해서, 낯설고도 핍진한 리얼리즘의 도래를 기 다리며 "세기와 세기를 잇는 간이역"(「행인(行人)」)에서 누군가 시의 비밀국가로 가는 기차표를 지금 막 끊었는지 모른다.

죽은 나무에 물을 주면서 이 세계를 끊임없이 받아쓰는 김해자의 시는 그러므로 언제나 시작이다. 끝이 없이

언제나 시작점에서 축축한 바닥의 생들을 받아쓰는 필경
사이다. 달팽이처럼 느리고 축축한 걸음으로, 자기 가슴
속에서 다투는 언어의 새를 날려 보내고, 미래의 시를 열
망하며 시인의 길, 시의 길을 묻는다. 시인은 시를 쓰면서
시를 모두 지운다. 지금 환대받지 못하는 주체들을 앞세
우고 새로운 몸의 시, 시의 몸은 도착하고 있다.